U0047302

史東先生與
他的騎士夥伴

Mr. Stone and
the Knights Companion

諾貝爾文學獎得主　V.S.奈波爾　　葉佳怡 ——— 譯

V. S. Naipaul

導讀

石中劍，島上旗，一條街，一場選舉：奈波爾的諷刺寫實小說

張錦忠（國立中山大學外文系副教授）

瑞典學院因韋．蘇．奈波爾（Vidiadhar Surajprasad Naipaul, 1931–）的作品「結合了觀察入微的敘事與不屈不撓的窮究精神，迫使我們正視被壓抑的歷史的存在」而將二〇〇一年的諾貝爾文學獎頒給他。說奈波爾的《在自由的國度》（*In a Free State*）、《游擊隊》（*Guerrillas*）、《大河灣》（*A Bend in the River*）、《世間之路》（*A Way in the World*）等小說或「印度三部曲」等非小說挖掘了「被壓抑的歷史」，可以說是恰如其份，不過書寫歷史

——尤其是被壓抑的歷史——難免令人覺得是「難以承受之重」，殊不知奈波爾的小說另有其滑稽、諷刺、詼諧的一面。

一九五四年五月，來自千里達的印裔青年奈波爾還在牛津，他在致母親家書中寫道：「我不認為自己適合過千里達人的生活了。如果要我在千里達度過餘生的話那會要我的命。那地方太小了，那裡的價值觀都是錯的，那裡的人小鼻子小眼睛。」一年後，他寫信給姊姊甘拉（**Kamla Naipaul**）說：「我要當作家，要闖出名堂來。我就知道。我的未來一切都押在這上頭」。一九五五年一年內他就寫了兩、三本書稿，包括那本一九五七年出版的《神祕的推拿師》（*The Mystic Masseur*），他的第一部長篇小說。這部長篇讓他圓了作家夢，小說講一個魯蛇鄉村教師改當推拿師後攀龍有術，躋身成功人士行列的可笑故事。

其實，奈波爾想出版的第一本書不是《神祕的推拿師》，而是家書裡頭提到的《米格爾大街》（*Miguel Street*）。那是一本收入十七個短篇故事的集子。安德烈．德意志（André Deutsch）出版社表示有興趣出版，但對一本新人的短篇集的銷路沒把握，奈波爾在七周之內著手寫個長篇，編輯讀了前三章後決定先出這本題為《神祕的推拿師》的長篇，然後才出短篇集。不過，《米格爾大街》要等到一九五九年才面世，奈波爾的第二本書還是一本長篇小說。

這本在《神祕的推拿師》與《米格爾大街》之間殺出的程咬金，就是一九五八年出版的《艾薇拉投票記》（*The Suffrage of Elvira*）。這是一本政治小說，奈波爾對選舉活動與民主政治冷嘲熱諷，頗有「國族寓言」的意味。一九五八年，千里達成為自治邦，四年後才脱殖獨立。奈波爾在一九五七年就寫了這本小說。小說將時間提前到戰後的一九五〇年初夏，背景則設在「艾薇拉」區（「艾薇拉莊園」的簡稱，象徵千里達的封建歷史）。在艾薇拉山頂「可以將千里達最美的景致盡收眼底」，但是小說中的候選人之一印度教（Hinduism，或譯為「興都教」）徒哈本（Surujpat Harbans）「才不在乎什麼風景」，勝選才是他「此生頭一遭參選」的目的。

但是「乾瘦、羞怯、病懨懨……灰髮稀薄，鼻子細長」的哈本並非小說的主人翁。奈波爾所刻畫的哈本不安、焦慮、心不在焉、低頭、急躁，哀傷，是個不快樂的候選人。他有自己的採石場，屬於「地方勢力」，在選舉過程中不停撒錢喬事，當選後立馬拒絕再來艾薇拉。另外兩個候選人，一個是老纏著人問要「石頭或者聖經？」的牧師，一個是「很會賺錢」的裁縫巴克希，他也是穆斯林領袖，挾關鍵少數票再三向哈本索賄，在提名日加入選戰純粹是攪局。

奈波爾這本小說的真正「主角」是「艾薇拉」及這裡的居民。他們信仰不同的宗教，膚色各異，口操各種方言，這些人的愚昧、迷信、貪婪、頑固等種種人的劣根性在一場選舉中顯露無遺。「在艾薇拉，每件事都瘋狂地夾纏不清」，哈本無意中遇見的「兩個白人女子和一條黑狗」居然可以傳說成攸關選舉勝敗的徵兆，死雞死狗都可以繪聲繪影成有人行巫術作法。選舉結果，一如眾人所料，抱怨「每個人都想收賄」的哈本如願當選艾薇拉區國會議員，可是他離開選區前的最後一句話是：「艾薇拉，你是個爛貨，」而小說前一章的回目卻是「民主在艾薇拉生根」，奈波爾簡直是極盡挖苦諷刺之能事。很難想像，一九五七年，奈波爾才不過二十五歲，竟然就將故鄉政治看得如此透澈，故而借事託諷，寫出《艾薇拉投票記》這樣的「第三世界文本」來。

《艾薇拉投票記》出版那一年，《神祕的推拿師》獲得英國的約翰・樂維林・萊斯獎（John Llewellyn Rhys Prize）。次年，《米格爾大街》出版（後來也獲頒毛姆獎〔Somerset Maugham Award〕），顯然奈波爾的小說家的身分已備受肯定。米格爾街是千里達首府西班牙港的路易士街化名，也是他的故居所在。他以寫實的筆觸敍事憶往，透過小男孩的眼光，講述街頭巷尾的畸人故事，書中人物亦多真有其人。小城大街的市井庶民故事多，米格爾街上的人事是非，《米格爾大街》沒講完的，《島上的旗幟》（*A Flag on the Island*）中的說書人繼續敍說。不過奈波爾出版這本小說集，已是《米格爾大街》出版八年後的事了。在兩個集子中間，奈波爾出版了兩本長篇（包括《史東先生與他的騎士夥伴》〔*Mr. Stone and the Knight Companion*〕）與兩部遊記。

《島上的旗幟》收入十個短篇和一個中篇。這些短篇多詼諧幽默，《艾薇拉投票記》裡頭所挖苦與諷刺的愚昧、迷信、貪婪、頑固、狡詐等人性惡質，這裡也不遑多讓。奈波爾的「神祕的推拿師」甘尼許在〈我的姑媽金牙〉中再次現身（他在《艾薇拉投票記》中也呼之欲出），為迷信的金牙指點迷津。金牙身為印度教徒卻到基督教堂祈禱，祈求自已能夠生育。丈夫染病卻被餵以甘尼許開的香灰，後來敘說者的祖母把金牙的丈夫關在不透風的暗室養病，於是病人很快就過世了。

這十個短篇中不少是死亡紀事或預知死亡紀事。除了〈我的姑媽金牙〉之外，〈弔唁的人〉、〈敵人〉、〈小綠和小黃〉都寫死亡，〈心臟〉也籠罩著死亡的陰影。不過奈波特書寫傷逝之情，頗能做到哀矜而不過度悲戚。〈弔唁的人〉裡頭看過逝者相簿的人「不忍心說看過了」，〈敵人〉裡的敍說者兒子描述父親之死：「他永遠不會知道，因為就在我要表演給他看的那個晚上，他死了。」〈小綠和小黃〉中的小綠、小黃和小藍都是小鸚哥，小藍因腳受傷而失寵，主人將籠子放到室內不起眼處。反諷的是，備受關愛的小綠與小黃死了，小藍仍然存活。〈心臟〉裡的男孩哈利心臟不好，養了小狗來福後則害怕失去牠，然而有一天，他不在家時來福還是發生了意外。

另外三篇故事屬於滑稽、諷刺、惹笑類，但世故而充滿趣味。〈抽獎〉裡的少年敍說者就叫維迪亞達・奈波爾，住在米格爾街，他的小學老師生財之道就是替學生補習與抽獎——獎品是一隻只會吃東西的山羊。〈夜班警衛的事件簿〉裡的夜班警衛在聯絡簿上與上司經理言辭交鋒，突顯了階級、教育與種族問題。從兩人留言的語氣與語域，不難看出作者對官僚主義的調侃與批判。〈麵包師傅的故事〉可以視為奈波爾的「亞美文學」文本。小說裡頭那位格瑞那達來的黑人自嘲「黑得跟煤炭一樣」，卻是西班牙港最有錢的人之一。他靠開麵包店發跡，但進入自己的店鋪時只能走後門（不過去銀行卻神氣地走大門），所開的麵包店也得假裝是由華人經營，後來乾脆娶個華裔妻子。

〈完美的房客〉當然也是奈波爾的反筆。從房東的勢利與算計，房客之間的爭寵，到房東與房客之間的爾虞我詐，都很難用「完美」來形容，對人際關係的諷刺尤其深刻，讀來別有趣味。另一個短篇〈聖誕故事〉裡的印度教徒改奉基督教，試圖改變自己的各種習俗，後來被任命為校長，娶了督學的女兒，老來得子，退休而不甘寂寞，後謀得學校董事一職，但在聖誕佳節來臨中對預知的失敗深感不安……。最後是典型奈波爾式的諷刺——就在他進退維谷時，小說家安排的「天降神兵」（deus ex machina）替他解決了難題，審計部的督察不來了，但他卻無法自我救贖，當個好教徒。〈聖誕故事〉其實是敍說者的「告白錄」。

書中的中篇〈島上的旗幟〉其實是另一個版本的《艾薇拉投票記》。如果說《艾薇拉投票記》質疑的是美式或英式的選舉與民主制度，〈島上的旗幟〉則是對美國的批判。小說寫於一九六五年，千里達獨立不過三年，離豬灣事件還沒有太久，美國人接手法國介入越戰，在二戰期間，千里達有美軍在那裡駐軍，戰後順理成章成為冷戰防線之一，也是「南向」的前線，自有其戰略地位。千里達人在獨立後依然處於英國殖民主義與美國冷戰戰略的網絡之下，面對跨國—殖民—資本主義的入侵自也無力抗拒，就像小說中來去自如的颶風一樣。這篇小說分為現在／過去／現在三部，結構明晰，一如殖民／後殖民／新殖民的歷史脈絡。法蘭克因颶風而重履他過去駐留的島嶼，但見島上的海關大樓上旗正飄飄，但是他沒有見過那面旗。對他來說，「這島嶼曾經是沒有旗幟的」。他問計程車司機「米字旗」呢？「他們拿走了，送來這個。」他答道。在法蘭克的記憶裡，這個無旗的島嶼「是個漂浮的、在時間裡停格、沒有依歸的地方」。島嶼已是懷舊的地方了。

然而，對島上的居民來說，尋找自己的身分認同與文化屬性，書寫在地的歷史也有其困境，法蘭克說這個島要「憑自己的力量崛起」，其實談何容易。奈波爾一針見血地將小說中的在地作家命名為「布萊克懷特」（Blackwhite），一個長了「一張痛苦扭曲的臉」的土著。「布萊克懷特」當然是「黑白」混雜的意思。但是這個在地作家卻仿擬十九世紀英國小說的風格，希望得到美國出版社的青睞，結果屢遭退稿。而法蘭克建議他書寫島上的人與事，也同樣被退，後來他領悟，「我們需要的是自己的語言，我想用我們自己的語言寫東西。」於是搞起方言教學來。日後他成了作家，其中一本書的書名就叫《我恨你：尋找身分的男人》。顯然奈波爾這裡是在諷刺太狹隘的本土化思維，追尋身分認同到頭來卻追尋到恨。

《島上的旗幟》中的短篇〈聖誕故事〉後半篇已是個「退休故事」，次年的長篇《史東先生與他的騎士夥伴》似乎是奈波爾意猶未盡，於是大書特書這個中老年危機題材。不過，《史東先生與他的騎士夥伴》首先是篇「戲擬」（parody）之作，以中世紀傳奇故事亞瑟王與圓桌武士為戲擬對象（小說中也有一把石中劍「艾克斯可之劍」，也有圓桌晚宴，「史東」也是「石頭」的意思）。六十二歲、單身的理查·史東先生在艾克斯可公司工作了三十多年，已屆退休之齡，每天刮鬍子時都在觀察房子後方校園內那棵樹，樹葉枝幹的枯榮彰顯了時間流逝與季節消長，「幫助他確認時光從未斷裂」，「光陰仍在流動、經驗仍在累積，過去也愈來愈漫長。」後來，在那棵樹冒出新芽的春天，他娶了瑪格麗特。

不過，時光連續流動也是弔詭的現象：他離退休的日子日近。而在這個焦慮不安的時候，「史東先生與他的騎士夥伴」的新方案應時而生，年輕的專業經理人溫珀成為他的工作夥伴，以執行這個退休人員拜訪退休人員的關懷計畫。史東先生的「騎士夥伴計畫」頗為成功，人生再度攀上高峰，溫珀也成為他的騎士夥伴。但是「飛逝光陰快速侵蝕他的人生」，時光無法留住，不久兩人關係生變，史東在公司的職位漸漸無足輕重，小說結束時，史東先生走在倫敦街上，擠上公車，回到家，上樓，等瑪格麗特回來。《史東先生與他的騎士夥伴》是奈波爾的「英國小說」，史東先生就是來自殖民地的三十歲小說家眼中的帝國縮影。

從一九五七到一九六七那十年是奈波爾小說寫作生涯的第一階段。《史東先生與他的騎士夥伴》、《島上的旗幟》都可歸入這階段的作品。這些文本熔滑稽、諷刺與寫實於一爐，屬於十九世紀英國小説的「諷刺寫實」（satirical realism），難怪當年《神祕的推拿師》出版後就有書評家説奈波爾的角色像狄更斯的人物般生動。詼諧故事固然有其娛人之處，不過，讀者如在會心一笑之餘，多思考一下作者毫不留情地嘲笑的對象的生存處境，應該也會有所領悟。就像史東先生一樣：是的，「環繞他的世界曾經崩塌，但他活下來了。」二〇〇二年，《史東先生與他的騎士夥伴》、《島上的旗幟》跟《艾薇拉投票記》合成一集，題為《夜班警衛的事件簿及其他詼諧小説》（*The Night Watchman's Occurrence Book and Other Comic Inventions*）重新出版。

1

那天是星期四，米靈頓小姐下午不在，史東先生回家時得自己開門。還沒來得及打開門廳燈，他就發現一對深不可測的綠眼睛，下個瞬間，眼睛主人跳下樓梯，他立刻在骯髒牆邊蹲下，舉起公事包保護頭。貓掃過他腳邊，竄出尚未闔起的大門。史東先生起身呆立原地，沒戴手套的那隻手緊抓鑰匙，一邊等待劇烈心跳及流竄全身的痛楚逐漸緩和。

貓是隔壁鄰居養的。他們五年前才搬來，史東先生仍對他們心存疑慮。剛來的牠只是隻幼貓，是孩子養的寵物，一旦玩膩紙球、乒乓球和線團之後，牠開始跑來挖史東先生的花園，畢竟自家花園實在沒什麼好挖。史東先生對這家人的敵意於是逐漸轉移到貓身上。每當從公司回家，他都會檢查位於亂鋪排的、不規則形狀水泥地之間的花床——看有沒有動物胡鬧、挖掘或掩埋某物的跡象。「米靈頓小姐！米靈頓小姐！」然後他會大叫，「貓胡椒！」米靈頓小姐年紀大，身形也巨大，圍裙長到腳踝，此時她會拿著一大罐胡椒粉塵走出來（一開始他們以為小罐就夠用了，畢竟罐身那隻嚇壞的貓看來非常有說服力），儀式般地撒滿花床，受災那區撒得特別多。與其說是預防動物侵擾，其實更像在遮掩蹤跡。沒多久，花床就變色了，彷彿水泥混了土後撒在植物的葉子與莖幹上。

此時貓早已自行竄回家了。

史東先生的心跳緩了下來，身體也不再刺痛，但神經仍有些緊繃，厚重辛普森大衣下的身體也還有些飄忽。他迫切地想做些什麼，但沒把大門關上，也沒開燈，甚至沒脫下大衣與帽子，只是把手套和公事包放在門廳桌上，走進廚房，在一片黑暗中打開食物儲藏櫃，從固定位置拿出還包裹在森寶利超市包裝內的起司——那是米靈頓小姐周四早上買回來的。他拿出一把刀，如同準備搭配雞尾酒的小點，仔細地將起司切成小方塊，再把切好的起司拿到戶外。他觀察浸淫於暮色的周遭，確認沒人在看，然後一路從室外鐵門撒到大門，撒進鋪了地毯但此刻寒氣刺骨的門廳，沿樓梯一路往上撒進浴室。現在，他坐在馬桶蓋上，身上穿戴帽子與大衣，手中捏緊火鉗。等待。他拿火鉗不是為了攻擊，純粹是自我防衛。他只要走過那條貓群肆虐的街道都很緊張。牠們坐在與他頭部同高的欄杆上半睡半醒，他卻總得作勢保護自己的臉，實在丟臉，但他控制不了。他太怕這種生物，又常聽說貓被逼急之後會抓狂攻擊人。

原本迴盪在門廳的潮濕空氣此時入侵浴室，黑暗與靜默更加深了寒意。他想像把貓掌浸入滾燙油鍋，抓住那該死生物的尾巴，一陣亂甩後摔向一樓室外的水泥地，或者直接將整隻貓扔進沸水裡。他從馬桶蓋上起身，打開燒水裝置。這樣立刻就有熱水用！一開始水流很冷，隨著點火的啪嗒聲，水流逐漸有了溫度，最後終於熱起來。該清理燒水裝置了，他得提醒米靈頓小姐。他把洗手台裝滿水後坐回馬桶蓋上。水管不再發出嗡嗚，四周又是一片靜默。

幾分鐘後，五分鐘，不，應該是十分鐘，他才想起來，老鼠才吃起司，貓吃的是其他東西。他把家裡所有燈打開，關上前門，點起爐火。

他把起司忘了。隔天早上，米靈頓太太向他報告起司從食物櫃中消失，變成小方塊後從鐵門一路蜿蜒到浴室。看她被激怒挺令人開心的。他沒做任何解釋。

*

這個事件——或者說最後決定什麼都不做的事件——起因不是對園藝的熱愛。史東先生六十二歲，單身，體能以這個年紀而言保持得很好，因此除了在艾克斯可公司那份還算輕鬆的工作之外，園藝很適合用來消磨時間與精力。這是他年紀大之後養成的習慣，而且過程比結果更有意思，因此就算花朵表面滿是貓胡椒，他也不是很介意。比起真正的園藝，他更享受準備種植的過程，有時光是做好植前準備就覺得夠了。曾有一段時間，他完全沉迷於掘土，等興頭過去後——其實是因為挖破了自來水總管——他決定囤積廚餘，完全不打算交給地方議會，並針對這點特別指示過米靈頓小姐；她每天都得把廚餘拿給史東先生檢查，然後每天下午，他會把廚餘撒在前門花園，隨著廚餘累積，他感受到一種專屬於吝嗇鬼的快樂。隔年他在花園種了草，但用買來的割草機割草時，手段過於激烈，破壞了它們柔軟的根，他本以為春天結束後能迎來完整草皮，最後卻還是光禿禿一片殘破的泥土地。正因如此，之後他用水泥亂七八糟地幾乎鋪滿整座花園，事後證明，水泥非常吸濕，搞得剩下的植物在溫和夏季也委靡不振。

但他不放棄；進行這些活動時，他能獨處，能不受打斷地長時間思考，這些特質令他滿意。因此，那天傍晚的事件可說起因於他對獨處的需求：他本來預期回家時沒人在。唯有在無人房內，在米靈頓小姐缺席的時刻，他才能無止盡地放縱自己陷入奇詭幻想。他曾幻想人行道移動起來，而他就站在那條專屬輸送帶上往前滑行，兩側行人驚訝地盯著他。他也幻想在冬天的街道搭起頂篷，人行道如同在英國巴斯看過的羅馬浴場般從底層加熱。另一個常出現的幻想是他能飛，得以無視紅綠燈，直接飛越一條條人行道及底下的人群、車流與公車（人們都一臉不可思議地抬頭仰望他，但他只是寧靜飄過，忽略他們的震驚）。他也能坐在扶手椅上飛過公司內所有走廊，並幻想大家反應誇張，比如本來陰沉的伊凡斯不停發抖，講話也結結巴巴；奇娜那副頹廢的眼鏡從臉上掉下來；他還邪惡地扯掉曼茲小姐頭上的假髮，洩漏了她的祕密。在一片混亂中，只有他繼續冷靜工作，並在結束後再次冷靜飛離公司。

每到禮拜五早晨，米靈頓小姐都會回到工作崗位，此時偶爾會發現主人獨處的成果：一棟顯然做工繁複但成果粗糙的娃娃屋，材料是一條麵包，因為禮拜四早上才購入，到了晚上還很新鮮柔軟，適合塑形；或是一張從菸盒抽出來的銀紙，為了壓平，上頭疊了家中所有厚實書本，其高度之高，顯見到了最後，她的主人最在意的是如何精巧平衡高塔結構；總之，出現的總是各式各樣留予她檢視、崇敬，但終得拆解的物件。兩人從未彼此確認、討論過這些物件。

因此，米靈頓小姐提及起司的舉動實在不大尋常，此外，這事也不像其他事一樣不見天日。之後有一次，發生在那個周四晚間的事被反覆提起，還被當作一個有趣、親密的小故事，此刻的他還不認識那位發話者，但屆時將會帶著一抹滿足微笑聆聽，儘管這天晚上，在既寒冷又陰暗的無人屋內，他採取行動的心態嚴肅無比，就連發現貓根本不吃起司的當下，他也不覺得絲毫荒謬。

*

就在事件發生後一星期，十二月二十一日，如同往年此刻，史東先生到湯林森家赴晚宴。他和東尼．湯林森一起讀過教師訓練學院，此後走上不同道路，但仍年年重溫兩人友誼。湯林森一直留在教育界，在地方政府算是個要角，以前他得簽字確認接收上級指令，偶爾還得替人代簽，現在都是別人簽字接受他落款T．D．的指令。他剛開始用T．D．落款時，史東先生曾在某年晚宴上表示，這縮寫簡直讓湯林森成了「神聖教師」（teacher of divinity）或「神學博士」（doctor of theology），但隔年沒人再提起這笑話，畢竟湯林森可沒把自己身為「地方軍受勛者」（Territorial Decoration）的身分當成笑話。

根據湯林森的說法，史東先生是「走入業界」，而「檔案部主任」的稱號也是湯林森給他的。「理查．史東，」他總是說，「是我的大學老友，艾克斯可公司的檔案部主任，」這個「的」字用得機巧，刻意略過史東先生任職部門在公司內無足輕重的事實。

這個稱號讓史東先生很心動，後來在公務通信中也這麼使用，雖然一開始有點心虛，但無論公司或任職部門都沒反對，他也就用得理直氣壯（他的部門還挺開心的，因為這稱號讓他們處理的工作莫名多了點尊嚴）。因此，就算湯林森家的晚宴一年比一年更正經、盛大，史東先生仍然持續受邀。對湯林森而言，史東先生是他的支柱，能讓他安心，更是休憩點；此外更證明湯林森對友情的忠誠，在此同時，這忠誠使兩人的關係看似崇高，共同擁有的過往也可敬，不然可能會引發他人猜疑。

因為每年晚宴的特別嘉賓都不同，湯林森來電邀請時總會提醒史東先生，如果來了，或許可以拓展一些有用的人脈。史東先生認為他和湯林森早過了需要拓展人脈的階段。但儘管到了這個年紀，湯林森的生涯發展勢必早已超越之前有過的所有期望，他仍滿懷野心。史東先生對於他「採取行動」感到饒富興味。他在晚宴中試圖「進行接觸」的模樣很好認：他會一臉痛苦地擠到對方身邊，有時心不在焉，彷佛正在等待受罰，又彷佛不知如何處理好不容易堵到的對象；此時的湯林森話少，深信自己只需問一些無須回答的問題，或者重複對方句子的最後三、四個字就夠了。

不過在參加今年晚宴時，史東先生發現，湯林森只是習慣性地在電話中提到發展人脈的話題，真正到了現場，他既沒有擠到任何人身邊，也沒有附和誰的話。帶領話題的全場焦點是史賓格勒太太。

史賓格勒太太超過五十歲，穿一身明媚動人的紅緞面連衣裙搭配石榴石首飾，領口剪裁低，裙面垂墜，還搭一條保存良好的金繡線喀什米爾披肩。但她的儀態卻與衣著相反，雖沒有意圖表現像男性，但確實狡黠、蓄意避開女性舉止。她低沉的嗓音與口語表達方式彷彿一位知名女演員。每當想強調一個論點時，她的上半身會陡然挺直，結束一小段演講後的身體則會突然放鬆，膝蓋微微張開，骨節顯眼的一隻手落入凹下的裙面。原本看似搭配完美的老派珠寶與連身裙似乎不再那麼合身，反而顯得勉強，更與她的個性格格不入。

史東先生到場時，史賓格勒太太已經以其機智橫掃全場，只要開口，大家就忍不住微笑，葛蕾斯．湯林森更在一旁搧風點火。之前那些年，湯林森總在晚宴時為他的「人脈」答腔，現在換葛蕾斯為史賓格勒太太這麼做了。史東先生後來知道，她們兩人原來是朋友。

她們在談論花。因為有人稱讚葛蕾斯的花飾（包括胸花及晚宴上的花藝布置，都歸功於她從聖約翰伍德的惠泉花藝學校學來的技巧）。

「我唯一在意的花，」史賓格勒的聲音穿越一片喃喃的讚許聲，「就是椰菜花。」

葛蕾斯笑了，大家也跟著讚許地笑了。此時史賓格勒太太又在座位上放鬆身體，以屁股為軸心在連身裙內輕輕搖晃，在雙膝鬆開的同時迅速整理凹陷裙面。她的臉上出現一抹得逞的笑容，方正的下巴因此更為顯眼。

她就這樣摧毀所有沉默與猶疑，抹去語意不清的碎語。她掌握了一切。

話題轉向眾人最近看過的演出。此時的湯林森除了偶爾發出意味不明的「嗯嗯」之外，始終保持沉默，細長的臉龐表現出比之前更明確的痛苦，眼神也更憂慮，彷彿除了人脈交流工作之外的自己一無所有。但眼前的話題僅止於交換頭銜，他想該是提升的時候了，將其中的知識水平提升至更合宜的程度；他始終將此視為自己的特權與義務。他說自己看了《男人的爭鬥》（*Rififi*），之所以決定去看，是因為一名重要人士的推薦。

「了不起的電影，」他緩慢地說，臉上的苦楚絲毫沒有減退跡象，眼神望著虛空中的一點，彷彿正從其中抽取思緒及語句。「法國電影，毫無疑問，有些內容就是法國人拍得特別好。頂級的。幾乎沒對話。不得不說，確實帶有一種沉靜的衝擊力道。真的沒對話。」

「對我來說倒是種恩典，」史賓格勒太太打斷湯林森的評論，他也立刻放棄了，「我恨字幕，總害我漏掉一大堆有趣的細節。比如螢幕上有人一邊揮手一邊閒聊著離開，但你看字幕，卻只看到『有』。」接著她胡亂說了一大串代表外語的話，「然後你看字幕，上面只寫了『沒有』。」

史東先生覺得她的觀察既有趣又精準，完全切合他個人的經驗。他渴望開口說「沒錯、沒錯，我也有同樣感覺」，但此時葛蕾斯又開始為大家倒雪莉葡萄酒，受到俏皮話的感染，她在為史賓格勒太太倒酒時特意說，「特別為你準備的，瑪格麗特，沒有人插手加工過的。」

史賓格勒太太再次坐直身體，「只要聽說任何事物沒被插手加工過，」她說，「那八成就是被腳加工過了。」然後她舉杯就脣，彷彿要一飲而盡。

史東先生無語地坐在那裡，內心滿是仰慕之情。輪到他的杯子添酒時，他鼓起勇氣，打算嘗試一個他們會在公司說的笑話。

「我懂了，」他說，「你打算讓我感受到『薰精的酒陶[1]』。」

沒有反應。湯林森看起來很沮喪，葛蕾斯假裝沒聽見，史賓格勒太太則是真沒聽見。史東先生把酒杯舉到脣邊，緩慢地啜飲一大口。這甚至不是他的笑話，是公司會計部的奇娜講的，大家聽到時只有假裝悶笑一下——這應該就是個警訊——但他還是覺得挺好笑。他知道這裡使用的雙關品味不佳，但不大確定原因。他決定保持沉默，尤其是他們準備移動到飯廳時，葛蕾斯語氣帶著一絲非難地告訴他，史賓格勒太太剛失去第二任丈夫，現在還處於服喪期間。難怪葛蕾斯對她特別關懷，她也確實享受著別人對她的

1 譯注：原文是把「influence of alcohol」（酒精的薰陶）故意講成「affluence of incohol」（薰精的酒陶），是首音誤置的簡單玩笑話，暗示人醉到連話都講不清楚。

寵愛，結果就是史賓格勒太太身上散發出遠比自身才華更耀眼的魅力，但她自己似乎沒注意到。

到目前為止，史賓格勒太太都沒有特別注意史東先生，晚餐時兩人座位相隔很遠，更是很難看到彼此。室內主要光源是蠟燭，除了花朵之外，在木雕、耶穌降生馬槽圖、耶誕樹，和一個湯林森想辦法做成裝飾的老舊奧地利聖日遺物之間，還裝飾了無數新奇的小東西。陰暗室內的邊緣地帶有兩張小桌，上面選放的幾張耶誕卡都有超過十年歷史，葛蕾斯說她實在捨不得丟掉。這些卡片不是極大就是裝飾華美，其中一、兩張邊緣還飾有蕾絲，每年都被拿出來展示。這些展示品吸引全桌賓客注意，包括史賓格勒太太和史東先生。對他而言，相隔十二個月後再次走進這個歡宴的房間，面對同樣的氛圍、同樣的裝飾，確實令人愉快又安心。

晚餐過後，男士開始加入女士的話題，此時史賓格勒太太才和史東先生說上話。

「來這裡，」她調情似地拍拍身旁空位，「坐我旁邊。」

他照做了。一開始沒什麼話題可聊，他發現她臉上出現那晚出現過三、四次的表情，彷彿陷入沉思，又彷彿正思考該說什麼。但就在沉默令兩人感到尷尬之時，她開口了。

「我說你，」她陡然轉向他，他認得這節奏，這是她打算開口的準備動作，「喜歡貓嗎？」

「貓啊，」他說，「要看情況。幾天前才發生一件事，就在上星期，其實——」

「我認為那些動物愛好者說的」——她停頓，眼睛裡出現一抹打算說髒話（她今晚已經說了「賤貨」和「天殺的」）的調皮神色——「全是屁話。」她刻意強調最後四個字，聽起來像是「全是屁話兒，」一副這麼做本身就很機智的模樣。

「前幾天就有一隻攻擊我，」史東先生說，「我被攻擊——」

「我一點也不驚訝，牠們有叢林野獸的天性。」

「我才開門，牠就從樓梯跳下來攻擊我，嚇壞我了，真的。然後——真的很有趣，真的……」

他停下來，不確定如何說下去，但她以眼神鼓勵，他於是說了那個故事。從頭說到尾。他把自己描述得很滑稽，內心浮現一種遺忘已久的喜悅。他精心描述那些陰森的畫面，包含想像貓咪被浸到滾燙的油鍋或沸水中；他說自己打開燒水裝置，把熱水裝滿水槽，還坐在馬桶蓋上緊握一支火鉗。他得到她的注意力了！她仔細聆聽。她無比安靜。

「起司，」最後她開口，「你這愚蠢的男人！起司！我一定要告訴葛蕾斯。」

她說了一個屬於她的版本，講得很慢，但講得很好。他喜悅又感激地注意到她決定添上一些細節，還幫忙潤飾；當她前傾著直挺挺的身體講故事時，他則靠在沙發上，寬闊的肩膀微微駝著，低頭面對大腿一邊微笑一邊撬開胡桃。只有聽眾讚嘆時，他才抬頭，那對凹陷在聳突額頭底下的雙眼散發出溫柔光彩。

此後她掌握了他，把他納入自己的每段對話。「來塊起司嗎？史東先生？」她會這麼問，又或者說，「但史東先生偏愛的是起司呢。」大家每次都被逗笑。

這是全新的體驗；他完全沉醉其中。晚宴接近尾聲，在一段音樂演奏之後，他們發現又落坐在彼此身邊，此時史賓格勒太太問，「你不覺得這些胡桃看起來很像大腦嗎？」此刻的他自信滿滿，足以大聲回應，「我想這就是人們用堅果來比喻瘋子的原因

[2]。」

所有人都安靜下來。有個人手上拿著胡桃鉗，遲疑著不知是否該用力夾下去，但一陣沉默之後，那顆胡桃終究發出裂開的聲響。

「**我**覺得這話說得太有趣了，」史賓格勒太太說。

但就連她也挽救不了這冷場。

他離開時覺得沮喪、丟臉又空虛，整個人被一種荒廢、無用又絕望的感覺淹沒。

*

2 譯注：nut有堅果與瘋子的意思。

史東先生習慣以數字思考。他常想，「我在艾克斯可工作超過三十年了，」他也會想，「我在這間房子已經住了超過二十四年。」他習慣思考自己薪水穩定上升的趨勢，打從進入業界開始，現在已經升到一千英鎊；並因此聯想到自己的收入，足以進入全國支薪者的前百分之五（他是在某處讀到這項資訊，大概是《標準晚報》吧）。他常想，自己認識湯林森已經四十四年，此外，雖然以下是令人哀傷的資訊——而且是他體會過最椎心的痛楚——但他的母親也已經過世四十五年了。

被貓騷擾的事件過後，日子又恢復平靜，他繼續以獨特方式享受自己無比安適的人生。人生就得不停前進，經驗唯有在發生過後才能產生意義；其中的樂趣也唯有在摘要歸檔後，才能真正成為「人生」、「經驗」，或說「生涯」。唯有此時，過往才有了顏色，正如大自然得在彩色快拍中排除所有黯淡、不整齊的空間，才能顯出真實的色彩。他常在獨處時臨時起意，將生涯中所有事項仔細列表，彷彿準備提交給一名未來的雇主；每當此時，他都對自己無比平順度過這些年感到讚嘆，除了一些小挫折及需要注意的警訊，他的人生進程可說緊湊又規律，這是十七歲的他從未夢想過的結果。

他也以珍惜過去的精神珍惜自己的外貌。他身形高大，體格良好，天生的衣架子。無論是穿上大衣或在飯後打開一份報紙，他的舉止從不顯得匆促。因為以上兩種特質，他總是比實際年齡看起來年長一些：他的體面並不過頭，但足以辨識，這精神通常屬於還能照顧自己的高齡人士。他也致力養成各種習慣，比如鬍子先刮右半邊，鞋子也先從右腳開始穿。他嚴格管控攝取的食物，設下的養生規矩可說一絲不苟，彷彿遵守來自信賴醫師的命令。早餐時搭配《電訊報》，但只讀第一頁，剩下的一定到公司再讀。另外每天固定買兩份晚報，《快訊報》和《標準報》，而且只跟維多利亞區的某位小販買。每次買完晚報，他看也不看就收進公事包，上了火車也不讀（他會在內心暗暗嘲笑這麼做的人），一定要等吃完晚餐後的空檔才讀。他也不把新聞當作新聞吸收，反正讀完之後幾乎忘光，只是把新聞當作**報紙**的一部分；報紙幫助他每天打發晚餐後的時光，並確保他與報紙之外的世界完全隔絕。

此刻是無味的，因此消逝也不讓人驚慌。他的房子後方有所學校，校地上有棵樹，他靠著那棵樹觀察時間流逝與季節消長；他每天刮鬍子時觀察那棵樹，直到熟悉其上每一段枝枒。對著活物沉思能幫助他確認時光從未斷裂，於是，他逐漸將那棵樹視為自己生命的一部分，是他回顧過去的座標，因為它確實隨著他一路成長。無論春天的新葉、夏天的鮮綠，或冬天的枯黑枝幹，這一切從未讓他聯想到流失的人生，只是提醒他光陰仍在流動、經驗仍在累積，過去也愈來愈漫長。

他身邊所有事物都在提醒他：時光從未斷裂，仍在連續地流動著。比如湯林森家一年比一年老舊的耶誕裝飾。比如在公司，他的助理曼茲小姐（因為有她，他勉強稱得上檔案部主任，但事實上，他們部門根本沒設置檔案部員的職缺）有十八套「公務」套裝，其樣式與數量一開始搞得他暈頭轉向，畢竟他對女裝實在沒什麼概念，但最後發現這個數字形成一種足以安撫他的節奏。每套套裝都會因為退流行而被取代，但總數維持不變，她每天穿一套，持續三周，之後又重新開始一次循環。因此沒多久，光靠她的服裝，史東先生就能知道今天是那周的哪一天。他想像這些衣服逐漸消失、變得破舊（不過很難想像曼茲小姐衣服破舊且沒穿束腰胸衣的模樣）、最後分解為一堆抹布，過程就像樹木落葉一般；而她的新衣正如同春天的新葉。

在家則有米靈頓小姐。每個星期四下午，這個老傢伙會到戲院看那種專門給退休人士看的廉價電影，就算史東先生買了電視，她還是持續這項行程，但他懷疑她根本整場電影都在睡。每到星期五早上，他會問她前晚看的電影名稱，聽她說出那些火爆或浪漫的片名總讓他愉快。「你昨天看的那部電影名稱是什麼？米靈頓小姐？」「《火海浴血戰》，先生，」她方正、蒼白的臉上毫無表情，粗糙又缺乏特色的嗓音讓他聯想到快斷氣的魚。

此刻，在這個星期五早晨，他在寒冷的浴室中刮鬍子，一邊透過陽光剛撒入的窗玻璃望向熟悉冬景。在那棵光禿禿的樹背後是女校潮濕又冒著輕煙的校地，這片校地遠離校舍與網球場，夏天時會聚集許多年輕學生，他們是群喜愛同伴身體的小生物，總是想盡辦法透過各種遊戲讓大家一群群緊密靠在一起；但冬天此地一片空寂，除了某些早晨，一位小腿肚結實的體育女老師會帶著雙腳凍紅的孩子到此上課。再過去可以看見兩棟房子的背面，他不認識裡面的住戶，卻擅自將他們命名為「男子」（一名養了一大家子的瘦小邋遢男子）與「野獸」（一名無比臃腫的女性，冬天時總在休眠，春天時總在花叢中狀似優雅地跳個不停，身上穿著類似體操衫的衣服，手上還像合唱團配角般揮舞澆花器）。男子一天到晚掛在窗外上油漆、鋸木、拿鎚子敲打、爬上長梯，總之無時無刻在裝修他的巢穴。史東先生有空就跑去看，就希望他哪天跌下來。他痛恨瘋狂沉浸於家庭裝修的人，就像痛恨那些星期天早上在街上洗車的男人。他不一樣，面對自家房屋的腐壞，隨著光陰流逝顯得破落的室內裝潢，以及門廳壁紙底部難以去除的老舊汙漬，他都喜歡，也覺得所有物件和房子一樣，都該隨著擁有者衰老，並自然帶上所處環境的印記。

但今天早晨，熟悉的景象卻無法舒緩內心。他感到些微不安，雖不確定緣由，但持續一陣子之後，他開始有所警覺，畢竟所處世界的秩序似乎因此受到威脅。

米靈頓小姐在樓下，笨重、緩慢、老得早已不適合工作，但又無助地不敢退休。她的臉蒼白浮腫，看起來很不健康，小小的雙眼總是因為疲憊盈滿淚水。白色圍裙則繫在閃亮的黑連身裙上，長度直達她臃腫的腳踝。

「你昨天看的那部電影名稱是什麼？米靈頓小姐？」

「《冰海沉船》，先生，是一部很棒的電影，先生，談的是鐵達尼號。」她罕見地主動針對這部沒有從頭睡到尾的電影發表評論，對她而言，鐵達尼號沉沒仍是超越兩次世界大戰的大事件。

在他那張精細的人生列表中，米靈頓小姐確實佔有一席之地：她已經跟著他二十八個年頭。他知道米靈頓小姐終究會死，但從未認真細想，不過如果細究今早那份不安的根源，就是因為他首次深信，眼前這名女性——身形雖巨大但並不勇健，因為年紀及體態使得行動趨緩——很快就要死了。就在那一刻，所有正在進行的晨間儀式彷彿已是過去。他被迫揮別，而無法將此事納入早已堆積如山的經驗。

他想太多了。他知道自己這麼想很傻氣，但這次腦中思緒就是揮之不去。

他把《電訊報》摺起來，用大拇指指甲把摺線壓平，收入皮製公事包，公事包上的補丁灰暗，但其他部分仍閃閃發光，跟它的擁有者一樣隨著時間益顯風華。（他用這個公事包二十二年了，因此當在火車上看到一張羞辱人的詐騙廣告，表示「像你」這樣的男人就該買個新的皮製公事包，他不由得心生憎恨。）接著他又穿上厚重的辛普森大衣，戴上小簷邊黑色禮帽，準備出門。

每年這個時刻，所有日常習慣都會被打破，街道寸步難行，耶誕周的整星期生活全然變樣，你很難完成什麼事情，只能過著孤單又不快樂的單調日子，直到假期結束，一切才能回歸正軌。曼茲小姐又穿上他習慣看見的套裝，比起之前，她穿著束腰胸衣的上身看來更豐滿、粉上得更厚、香水味更濃，穿著高跟鞋的腳步更輕快，整個人更有「公務」女士的氣息；明明才一大早，她卻看起來比之前更忙，但其實沒什麼事可做。他們得處理一封哈利先生寫給《泰晤士報》的信，哈利先生是艾克斯可的老闆，寫這封信時他使用最擅長的諷刺文筆；他批評店家反應遲緩，還沒進復活節的商品，卻抱怨耶誕節的購物人潮阻礙他的復活節採買行程。他在九月底發起通信寫作系列，這封信是從中衍生的成果；系列標題是「耶誕節帶來的退步趨勢」。另外還有一項工作，是我們部門的「作家」之一又挖出一個需要重新整理的檔案夾；曼茲小姐的前任戰後就上任了，所有檔案夾都整理得很糟。那傢伙知識水平極差，歸檔文章的做法是從雜誌撕下來，上方直接用釘書針釘起來，害得無法順利讀完文章的人怒火中燒。（史東先生有次難得大發雷霆，把這傢伙降級調去管理地下儲藏室。之後幾年，這傢伙針對這個部門即將崩毀的歸檔系統發出數次警告，有時人在地下室，有時則是在公司附近倫敦地方議會附屬烹飪學校的那間髒亂小餐館；有些職員會花點小錢去那裡用午餐。）等檔案夾整理好，他們其實就無事可做了。史東先生會在中午去喝一杯吉尼斯黑啤酒，但這天的酒吧非常燥熱、擁擠，還滴著水的玻璃杯也不乾淨。他站在開放的門邊，喝著無法全心享用的酒水，努力想理解這揮之不去的全新感受，但站在這群喝著啤酒的喧鬧人群旁，他終於明白是什麼在啃噬他：極端的不快樂。

那天晚上，他和所有濕氣蒸騰的人群一同排隊擠入地下鐵，準備搭車前往維多利亞區，就在此時，他注意到一張倫敦交通局的新海報，應該是今年冬季過一半時貼出的。

在這樣陰暗、潮濕的日子裡，每天走在城市人行道上，我們很難相信冬季快要結束，白日也正在延長。然而，在冰凍的土壤底下，在裸黑的枝幹內，生命確實仍在延續。到倫敦郊區一遊，你會看到在冬日灰敗色調下仍包裹著新芽，準備好迎接季節更替，對於懷疑春天是否會來到的人而言，絕對有撫慰效果。

懷疑春天是否會來到的人：這些字佔據他的視線，更強化他的不安。它們喚起史東先生回憶中某個令他尷尬不安的片刻——接著，回憶與恐懼瞬間湧現，他發現這句話又喚起更多過去一年的片刻：電影中稍縱即逝的一幕、公司某人的發言、報紙上的文章、他偶然脫韁的思緒。他以為早將這些片刻埋藏心底，畢竟它們不屬於生活模式的一部分，但現在，明明以機械動作走在熟悉的返家路線上，卻只因為幾個之前未曾注意過的場景，這些片刻全部重新浮現，就等人檢視、掠過，之後再重新拾起。

在這令人沮喪的混亂日子，又發生另一件事，導致史東先生幾乎是驚慌地逃回家找米靈頓小姐。

當時他正沿著高街走，天色很暗，人行道上滿是冷黏的泥巴。他經過公共圖書館的昏暗大門，突然看到一名女子和一個男孩站在階梯上，他看一眼後立刻驚恐地別開眼神。男孩的牙齒非常尖，女子看來非常孤絕，那是一位母親擁有畸形孩子時會散發的氣質。這樣一個男孩，明明四肢都跟其他男孩無異！他想到老鼠要靠著不停小口啃咬食物磨牙，以免牙齒太長後刺穿大腦。他不敢相信自己看到什麼，但腦中仍留著那個畫面：那張愚鈍的臉、那些黃色尖牙。所有成長的驅動力都成為令人酸苦的劇毒。

幾秒後，他走過一間知名商店光彩透亮的櫥窗。他停步，深呼吸，姿態戲劇化地閉上雙眼。

於是這名老男人整齊穿戴著大衣與帽子，手拿公事包，就這樣站在派對道具店前，面對著仿造吉尼斯啤酒杯、塑膠假臉、面具、橡膠蜘蛛和惡作劇假牙，彷彿正露出一抹微笑。

*

史東先生決定把花園留給貓，此時米靈頓小姐也出發去探親（他記得她有好幾位姪孫女，米靈頓小姐偶爾會在星期四早上購物時買一些打算送給她們的甜點）。米靈頓小姐每年會在門廳、飯廳，和某幾段樓梯放一些老舊的耶誕飾品，比起假期的開始，這些飾品更讓他們聯想到假期終結，但總之，耶誕節當天，他們都無從享受飾品創造的氛圍，因為史東先生會前往班斯塔德探望孀居的妹妹，她是退休教師，兩人總是共度耶誕。

他深信自己於耶誕節前往班斯塔德的行程是個祕密，也用盡全力保密。雖然警局前的公布欄和各式宣導手冊及廣告都告訴民眾，佳節離家應該通知警察，但他確信警察和這區的小偷是同夥。每次去拜訪妹妹時，竊賊總是佔據他的心思。她常被竊賊騷擾，大部分的對話內容也與他們有關：功敗垂成的竊案、成功的竊案，或者反制竊案的手段。竊賊是她常常搬家的原因之一，十二年來，她住過鮑漢、布里斯敦、克雷頓、薩頓及現在的班斯塔德，每次搬家都離市中心更遠，雖然處理每間新房子的裝潢計畫時，她都胸懷大志，但結果總是一幅尚未完工的模樣，史東先生總不禁拿自己的房子與其比較。

但去奧莉芙家度假仍是件愉快的事。從童年時期到現在，史東先生和妹妹的關係幾乎沒什麼改變。除了米靈頓小姐以外，他對女性關注的少量需求都能在與奧莉芙短暫互訪時得到滿足。她會引述他的意見，研究他的習慣，並找出形塑那些習慣的幽默小故事，還會把其中部分趣聞當作自己的故事分享出去。戰時他們的關係一度進入低潮，當時三十七歲的奧莉芙突然結婚，但丈夫在婚後不到一年就死了，沒多久關恩出生。他們撐過那段低潮，但兩人之間的往來多了點虛偽，因為史東先生對孩子實在沒什麼興趣，對關恩更是毫不關心。但他卻愈來愈關心奧莉芙，她那年的模樣實在使他難忘：髮色變灰，一口好牙全毀，嘴唇還為了保護牙床失去原有形狀，即便多年過去，那形狀還能讓他聯想到脆弱的牙齦與裸露的神經，講話時會有唾沫累積於嘴角，說話的速度也變慢，偶爾甚至語焉不詳。

不過，史東先生確實曾試圖與關恩建立關係。根據聽說或讀來的相關資訊，他知道孩子像狗一樣：如果有大人或「成年人」（他後來被迫學到的詞彙）不喜歡自己，他們都知道。他知道與孩子相處需要少見的技巧，結合簡約手段與百分之百的誠實心態，也知道這一切無趣的工作都在試煉作為一個成年人的品格。他試過了。他曾認真與她談話，也認真跟她玩遊戲，但總是搆不著她此刻運作的心智水平，還常被她要求「別再表現得這麼蠢了。」這些「與孩子」相處的午後，雖在傳聞中是令人無比放鬆的美好時光，事實上卻總讓他精疲力盡，偶爾甚至升起嫌惡至極之感。但真正開始厭惡這孩子是在三年前，當時他們去遊樂場，她卻在拒絕史東先生乘坐雲霄飛車的邀請時說，「我不想在假日時像個店員一樣鬼吼鬼叫。」她說得無比自然，毫無遲疑；但顯然是從別人那裡學來的話，畢竟她當時才十三歲。之後逐漸變胖的她愈顯難看，前臂又粗短，但他看了好開心。手指笨拙的女人總使他惱怒，關恩也是其中之一，只是嬰兒肥啦，奧莉芙這麼說，但關恩的肥胖沒有隨時間消退的跡象，史東先生甚至用盡全力阻止，例如偷偷給關恩吃被奧莉芙禁止的巧克力，成效非常好。關恩異常熱愛巧克力，於是史東先生每次見面都偷塞半磅巧克力給她。即便如此，兩人的關係也從未改善，她明確表示將這些禮物視為賄賂，但她的情感太珍貴，不隨便施予任何人。

面對「孩子」這種生物，如何送出「合適禮物」也是史東先生面臨的挑戰。他曾以為只要送伊妮．布萊頓的童書就沒問題，也以為這種靜好時光會持續到永遠，但毫無預警地，這隻生物的愛好就變了，害他在塞爾弗里奇百貨排隊請作者簽名（還附上祝福話）的《五小福系列》成了無用的笑柄。某次他送適合八歲女孩的玩具手提包，但關恩當時已經十五歲，史東先生糗得要命。去年，他給張兩英鎊的支票，總算直接靠錢解決問題。今年打算也這麼做。

因此，即便他從未接受關恩作為奧莉芙生命的一部分，卻接受她作為奧莉芙家的一部分。隨著關恩長大，奧莉芙重新找到獨立的自我，兩人之間的虛偽元素似乎也逐漸消失。奧莉芙仍能為他提供慰藉，也讓他擁有足以垂憐的對象。每次去找她就像回家，而離開她又像再次得到解放。

然而今年，就連造訪奧莉芙都無法解決他心中的不安。她一如往常熱情招待他，散發幹練、冷靜又平緩的氛圍。她身穿棕色寬褲，在他眼中幾乎是她的正字標記，這項衣著習慣從戰時就開始了，每次都讓他心底湧現一陣柔情。她的身高夠高，精瘦的屁股也適合穿寬褲，但穿著時總一幅對打扮漫不經心的模樣，走起路來腰板過度僵硬，上半身微微前傾，舉止永遠帶有一絲彷彿正要伸手整理些什麼的刻意，導致史東先生每次看到都覺得有些滑稽。

日子的行進一如往常。到了耶誕夜，他一邊幫忙布置家裡，一邊忍受關恩不時冷嘲熱諷。（誰會跟這種生物當朋友？他腦中出現畫面：關恩眉頭深鎖，眼睛幾乎擠在一起，身穿制服走在街上，書包緊抱在肚子上，一邊吸吮甜食一邊喋喋不休抱怨一位「敵人」，身邊聆聽的則是一位身形較小的沉默友人，但這友人很快也會變成他的「敵人」。）奧莉芙在廚房忙得團團轉，他則一邊喝著吉尼斯黑啤一邊看電視。一餐一餐過去，他眼看肥胖的關恩以無法被滿足的病態飢渴，不停歡快地消滅桌上的甜品與馬鈴薯。奧莉芙想阻止她，但「反正是耶誕節嘛，」史東先生總是這麼說。

眼前都是熟悉事物，他卻無法真正融入其中。他們擁有的只是被強化的現實——其實可說完全不屬於現實——所有日常事件都因此賦予一種狂熱。最後終於到了別離時刻，他一如往常帶走奧莉芙做的一個布丁，那些裝布丁的碗從未被歸還。它們被洗得潔白閃亮，收在米靈頓小姐的一個儲物櫃中，因此，今年的碗也會加入它們，如同他的經驗與過往被整潔地疊放在視線之外。

*

他回家，看到花園剛撒滿貓胡椒：米靈頓小姐返回坐鎮，但貓也不落人後。如果是幾天前，他會為此感到一陣興奮戰慄的怒氣，但此刻卻無動於衷。光禿的樹讓他足以清楚看見「男子」家拉緊窗簾但仍透出燈光的後窗，窗框是一種噁心的綠色（男子在去年春天選了這顏色，把他細心照顧的房屋木製部分全漆上這個顏色）。「野獸」的家則沒有燈光。就在今晚，靜默的校地上聚攏一層薄霧，白日與假期一同消逝，此刻世界彷彿被懸置。

隔天早上，他收到一封信，寄信人是史賓格勒太太。她表示上次見面很愉快，希望邀請他來參加一場小型的新年聚會。她保證提供小餅乾與起司，之後還加上在括弧裡的驚嘆號，最後在信的結尾寫道，「如你所知，我正在努力讓自己振作起來，真的希望你能光臨。」

這封信有太多細節使他惱怒。面對標點符號時，他是個正統派，而史賓格勒太太卻在應該使用句號的地方使用了逗號。她試圖表現機智，但寫作技巧實在太老派，導製成品呆板，毫無特色可言。他認為她提及起司和使用驚嘆號的方式很蠢，談論自己哀傷的方式既浮誇又不真誠。但收到來信還是讓他倍感榮幸，而且令他驚訝的是，正是信中各種打破自身常規的新意使他引頸期待。一般而言，她的邀請不會令人如此期待，但現在卻對他很重要。這在時光中激起一陣漣漪，他因此得以在一成不變的日子中找到新的座標。這是一個新的人、一段新的關係，誰知道之後會有什麼發展？

史賓格勒太太住在伯爵郡，之前史東先生一直認為這區域人口過多，名聲很差，現在的想法也沒改變。地下鐵入口極髒，隔一條街的路口正在舉行英國國家黨的集會，一名男子站在貨車後方以粗啞的嗓子對群眾大吼。在霓虹燈與光潔的玻璃窗背後，人群塞滿新式咖啡屋，街道上全是穿藝術學院制服的年輕人及膚色各異的外國人。

史賓格勒太太給的地址其實是間私人旅館，小小的入口就在伯爵郡路旁，電鈴下方有張小字卡以打字機字體寫「只歡迎歐洲人」，代表這裡還留有當代少見的莊重與寧靜。此外，這裡也暗藏風霜，在狹小的大廳，史東先生和眼前大部分人都和這裡的電梯一樣因為衰老而顫抖，但這台電梯終究將他們成功帶到史賓格勒太太的房間。房內床鋪被布置成沙發，窗戶為避免室內悶熱而敞開，但透過窗框，人們看到的不過是一整片灰濛濛的燦亮白日，近景也只是一整片的屋頂與煙囪管。這與他事先預想的完全不同，直到一名身著白外衣的年長旅館侍應生出現——史賓格勒太太稱他為麥可——他才覺得這裡沒那麼寒酸了。總之，他還是度過一個不錯的夜晚，史賓格勒太太像之前那般振奮人心，他也在她的鼓勵下又講兩次貓與起司的故事，還不靠他人幫忙講了幾句妙語；但在領受光彩之後，留在心上的卻仍是一片陰鬱。

他邀請史賓格勒太太兩周後的星期日來家裡，為了接待她，他極其謹慎地做準備。在準備的過程中，米靈頓太太感覺非常愉快，舉止異常熱切。她清理壁爐，拋光本來有裂縫或不平整的磁磚，使它們回復有點褪色的自然狀態，然後順利生起火。蛋糕和司康都備好了，桌子擺好餐具，接著，在逐漸入侵的夜色中，他們等待。

門鈴響時，他們都走到寒風侵入的門廳，門已經開了，史賓格勒太太露出淘氣的微笑；史東先生有點困惑，但還是向她介紹米靈頓太太。

「所以，這就是傳說中的花園！」史賓格勒太太這麼說，同時在門外徘徊，並用腳碰了碰被貓胡椒覆滿的一片靠近地面的葉片，貓胡椒被她一碰就雪片般落下，葉片雖然有點柔弱，但仍掙扎著露出一絲春意。

「我想這就是所謂的灌木，」她用參加派對的高亢語調說，「你都怎麼稱呼這種植物？」

「我不大清楚，」史東先生說，「它已經在那裡好些年了，我想應該是常綠植物。」

「米靈頓小姐，一般人都怎麼稱呼這種植物？」

就在那一刻，史東先生失去米靈頓小姐這位盟友。

「我不知道，女士，」米靈頓小姐回答，「我不知道正式名稱，但一般人——」

史賓格勒太太根本沒注意聽。她在進屋之前就成為這棟房子的女主人，更是其中兩名住戶的女主人。

三月的第二周，史東先生和史賓格勒太太結婚了，當時校園的那棵樹正旺盛冒出新芽，陽光下閃耀如同一個個白色光點。

2

他不再焦慮，卻感覺喪氣，其中混合某種恐懼與極端害羞的情緒，尤其是他們成為夫妻的第一個晚上，隨著例常的梳洗時間愈來愈接近，這種感覺更是明確到扎人，就連簡單的對話都能嚇壞他。他只是等待，不願開口，也不想先採取行動，最後她決定先去梳洗。她花了很長時間，他則一邊吸著早已燒光的菸斗，享受幾乎再也無法擁有的短暫獨處時光。

「換你了，理查。」

她的口氣不再深沉或戲劇化。她試圖使語氣輕快，結果卻像混合鳥啼與呼口號的效果。

浴室本來只有他的味道，他以前對此非常滿意，但現在多了一股潮濕、溫暖的香氣。然後他看見那副假牙。他之前從沒想過她的牙可能是假的，一瞬間感到背叛及惱怒。他覺得後悔，心中湧起一陣極尖銳的恐懼，然後拿下自己的假牙，悲傷地爬上樓梯，回到兩人的臥房。

他以前從不在意街坊評價，拒絕向任何人問好，就怕以後再也無法脫離這種往來，最後被困入天曉得多親密的關係中。但他不想讓鄰居懷疑家中組成有所改變，所以希望瑪格麗特分幾次搬進來，目前為止，他認為這項計畫還算成功。瑪格麗特在伯爵郡旅館的行李不多，大概兩個行李箱就能裝完，儘管把箱子搬到狹小陰暗的大廳時，確實有幾名老者低調盯著看。那種屬於長者眼神的指控與不理解，使他覺得自己正在進行誘拐行動，但瑪格麗特神氣的腳步其實讓她更像被成功拯救的人質。他們傍晚到家，一幅來吃晚餐的模樣，史東先生提著行李的姿態隨興又大器，如果有人在看，可能會以為他拿的是自己的行李。

兩人剛在各自的床上安靜躺好（瑪格麗特的床是從另一個房間搬來，之前奧莉芙來訪就是睡那張床），她卻又突然坐起身，幾乎像在派對上準備發言一樣有精神，然後說，「理查，你有聽到什麼聲音嗎？」

剛剛確實有聽到，但現在環繞他們的只有靜默。他又重新躺好，內心暗暗希望她別再開口。

啪嗒！

真的有聲音。

碰！喀喀！聲音不大，彷彿有人正小心謹慎地踩著鋪了地毯的樓梯走上來。

「理查，有人在房子裡！」

那聲音在她說話時消失了。

「去看看呀，理查。」

他討厭她不停重複自己的名字，但還是勉強坐起身。他覺得她很愛扮演受驚女人的角色，而且厭煩地注意到，此時的她還把被子一路拉近下巴。

這項全新的責任令他惱怒、厭煩。雖然內心緊張，但有那麼一刻，他還真希望有個站在門後的人趕快進來把他們打死，幫助他解脫。

啪嗒！碰！啪嗒！

他迅速翻開床罩，跑到樓梯頂端，開燈，希望藉由自己的速度與大力舉止使噪音停息，或者直接趕走噪音來源。

「哈囉！」他呼喚，「誰在那裡？有人在嗎？」

沒有回應。

他小心接近欄杆，透過樓梯天井往下望，眼前的幽暗因為拉長的扶手陰影更為詭譎。正下方是電話，撥號盤正隱約閃爍著微光。

他快步走回臥房，關門，打開燈，而她穿著打摺鑲邊的睡衣站在燈罩正下方，嘴角下垂，床鋪一片混亂，隨便拉開的床罩底下露出當作床墊的三個大靠枕（米靈頓小姐特地依照紅白藍為序排列）。

「我沒看到任何人，」他坐上床，語氣顯得有點惱怒。

有一段時間，兩人就這樣沉默坐著，他環視臥房，但避免與她眼神交會。以前他一直覺得臥房很舒適，但現在有了另外一個人，他開始逐項檢視其中細節，結果愈看愈惱怒。那頂流蘇燈罩是他指示米靈頓小姐塗成綠色，不是為了掩飾什麼汙漬，純粹希望燈罩是綠色；但現在透過燈泡照射，米靈頓小姐隨興反覆的手工一覽無遺，顯然刷色時手勁過大。窗簾是由三種不大協調的棕色絲絨拼接而成，都是米靈頓小姐選來使灰塵不至於太顯眼。地毯老舊到設計與顏色早已顯得無關緊要；周遭的油布地板早已變形、出現裂痕（硬得跟金屬一樣），花樣也因磨損而駁雜成一整片暗棕色。壁紙髒黑，天花板龜裂。幾乎是黑色的深色衣櫃旁有把壞掉的扶手椅，早已多年沒人坐在上面，只能用來堆放各式雜物。

啪嗒！喀喀！碰！

「理查！撥九九九！理查！」

他知道該這麼做，但他怕。

「跟我一起下樓打電話，」他說。

如果可以，他非常樂意讓她帶領下樓，但知道身為丈夫不該這麼做。他握著一根當作武器的彎曲火鉗，手碰觸的部分滿是灰，他在她前面躡足下樓，確信曾經熟悉的房子暗處會突然有人冒出毆打他。到了門廳後，他一手拿火鉗，一手撥電話，但一聽見對方不疾不徐的冷酷詢問，心裡就後悔了。

他們上樓等待，一路打開所有燈，並從浴室拿回各自的假牙。除了動作發出的聲響，此外就是一片靜默。

門鈴響時，史東先生帶著火鉗下樓應門。前來的警官只配備一把手電筒，興味盎然地看了火鉗一眼，接著史東先生開始道歉。

警官打斷他的話，「我請手下去房子後方看了，」他走進房裡，姿態專業，很能撫慰人心，並深入每一個可能窩藏危機的角落。

他們沒找到任何人。

被派到後方的警員之後也從前門進屋，接著所有人都在仍算溫暖的起居室落座。

「因為是半獨立房，有時隔壁有聲音，聽起來卻像在自己家裡，」警官說。

警員則一邊微笑一邊玩弄手上的手電筒。

「有人在房子裡，」瑪格麗特堅持。

「後方有任何可以入侵的門或入口嗎？」警官問。

「我不知道，」她說，「我今天晚上才住進這間房子。」

一陣沉默。史東先生別開眼神。

「你們要喝杯茶嗎？」他問，根據電影，他相信警察在這種情況下都會想喝茶。

「沒錯，」瑪格麗特說，「請務必喝杯茶。」

邀請被推辭了，兩人想道歉，但也被禮貌地掠過了。

此時整棟房子透出明亮燈光，警車也太過顯眼，到了隔天，史東先生想隱瞞結婚的嘗試徹底失敗，只得被迫公開，也得開始忍受眾人耳語及鄰里窺探。米靈頓小姐早已習慣所有自己不在場時發生的怪異事件，但面對警察來訪，就連她也顯得興奮不已。

＊

但有件事讓他寬心。剛認識時，兩人都力求表現機智，但到了快要結婚的階段（他不喜歡「追求」這個說法），他已精疲力竭，不再像剛開始一樣，希望將自己塑造為一個既有幽默感、又能在「生活」中挖掘出各種荒謬時刻之人。他曾擔心婚後得永遠扮演這個違背天性的累人角色。不過令他驚訝的是，瑪格麗特並不需要他時時保持活力四射、滑稽或充滿機鋒的模樣；此外他也驚訝地發現，那種派對活力竟然不屬於瑪格麗特天性的一部分，兩人一旦熟稔，她立刻拋棄這項特質，把精力完全留給那些熟知她名聲的友人。因此，在晚餐後的那段沉默時光（他讀報紙，瑪格麗特則讀信、編織，此時她的細框眼鏡下拉掛在鼻頭，看起來更顯老），他常想起她一開始多開朗又犀利地與他搭話（「我說你……喜歡貓嗎？」），自己在那場聚會最後又意外展現幽默才華（「我想這就是人們用桃子來比喻睪丸的原因。」），並因此為兩人都感到難堪。此後她未曾表現得如此突兀又「尖銳」（他認為是在認識瑪格莉特之後，才算是完全理解這個詞），而他再也沒展現出那種才華。

他從未過問瑪格麗特的過去，她也很少主動提起。但有時候，瑪格麗特的行為暗示兩人在「追求」階段說的話都得打些折扣，她也沒有表面上看來如此活躍時，他會湧起提問的欲望，但最後還是壓抑下來。他自己也不夠坦承，這點更令他痛苦。因為直到那晚之前，他的祕密都沒有被揭露的必要，比如他口中所謂「檔案部主任」的工作，以及每年一千英鎊的收入，瑪格麗特從未質疑，但懷抱祕密總是令人沉重。他實在沒有保密或欺瞞任何人的耐心或精力。他知道自己的職位及薪水不算太差，但總覺得瑪格麗特對他期待更高，現在一定暗自對他失望。他也對她失望，但覺得自己失望的原因相對無害。

但就算她暗自失望，話語和表情也沒洩漏出絲毫線索。令人驚異的是，他重建往日習慣的完成度極高，跟之前一樣，他整天都在公司上班，而瑪格麗特則成為米靈頓小姐的分身，一個存在感更強的分身；不過比起史東先生，米靈頓小姐倒是更冷靜地接受家中的新秩序及女主人。有些事物確實永遠佚失了，孤獨便是其中之一，畢竟此後再也無法回到空無一人的房內。另外還有他和奧莉芙之間的關係。她努力釋出善意，也希望假裝關係一如往常，但他清楚兩人之間變得更虛假。這項改變比關恩的出生更具侵略性。另外還有房子的氣味與質感。

房內原本就充滿霉味，因為米靈頓太太的打掃總是白忙一場，效果大抵不佳，但他很享受那種霉味。然而現在，那霉味不是被亮光粉或肥皂所取代，而是一種全新的陌生霉味。客廳還出現一張不容忽視的老虎皮，害他有幾周完全無法融入其中。據說那張皮的保存狀況極佳，為了證明這點，瑪格麗特還拿了裱框的深色相片向我進一步解釋；照片中的死老虎胸口採了一隻擦得很亮的皮靴，皮靴主人是一名英國軍官，蓄著小鬍子，身子直挺挺地坐在一張厚重的木質扶手椅上（天曉得從哪裡找來的），他努力克制臉上微笑，一隻手輕撫擱在大腿邊的來福槍，另外有三位表情憂傷，頭上戴了繁複頭巾的印度人站在他身後，或許是來幫忙驅趕、搬運獵物之類的。許多小件家具也隨著虎皮被搬進來，講究且充滿裝飾細節，跟他粗重簡約的三〇年代風格家具完全不搭。米靈頓太太倒是很喜歡，彷彿重新發現早已衰敗逝去的往日榮光，孜孜不倦地為這些家具定時上光，但使用的上光液會留在難以處理的小縫隙中，最後留下沾滿灰塵的散亂透白圖樣。為了配合新家具，他得重新移動舊家具。米靈頓小姐和瑪格麗特兩人討論了重新配置的方式。雖然辛苦，但全力拖拉家具的米靈頓小姐仍樂在其中——她雙眼緊閉，嘴脣緊抿，一撮撮灰髮從髮網中竄出。於是現在每天下午迎接史東先生回家的都是令人煩心的

「驚喜」，還有兩個女人等待他開口稱讚的殷切眼神。

他結婚之前只是米靈頓小姐的雇主，現在卻成了**主人**。對這兩個女人而言，他的身分特殊。他是「男人」，是具有特定品味、資質與權威的一種生物。他出門時是一個男人——或者說被以男人的身分給派出去，因此各方面都必須打理得嶄新、幹練又正確，彷彿得經得起全世界觀眾檢驗——接著再以男人身分回家。這是他婚後必須負起的責任之一，卻加深他不適任的感受，甚至覺得自己有點像個騙子。尤其是米靈頓小姐，她似乎確信史東先生會以不同的態度與行為對待她，但結果始終不如預期。在此之前，他很少「像個男人」，通常只在拜訪妹妹奧莉芙時才這麼做。當時偶爾這麼做能帶來撫慰，所以他欣然接受，但終於擺脫這身分時也無比慶幸，但現在他卻是永遠無法擺脫了。

他的角色是為她們衝鋒的勇敢公牛，每天都得投身於「事業」（這是曼茲小姐的說法，但瑪格麗特也這麼說），他希望能至少在公司找到一點平靜，但完全失敗。原因令他不自在：他的舉止開始反映自己在家的角色，原本自豪的簡潔風格也開始變得時髦。姑且不提曾有一名年輕人暗示史東先生根本結不了婚（剛開始讓他非常痛苦），公司許多人對他的態度確實改變了，比如年輕女孩不再寵愛他，不跟他調情，害他無法想像在她們調笑地接近他時，揮舞筒狀長尺底部打退她們。隨著自由氣質逐漸消失，他愈來愈像一個暫時告假外出的女性所有物。公司年輕人不再像之前容忍他，包括已婚者，甚至不再假裝他是其中一員。結果他只吸引了威金森的注意力，他是公司的佛教徒，是會只穿襪子在走廊行走的怪物，而被他關注其實很累人。

他開始習慣在公司待得比平常更晚，有時即便沒必要也留著，彷彿藉此重拾失去的隱私與獨處時光。某天晚上，他關掉檔案部的燈後走進陰暗走廊，撞上一位和他身高差不多的男人。男人身上的衣料感覺很粗糙。他是警衛。然後一個女孩有點喘不過氣的聲音傳來（他認出是其中一名打字員的聲音），「我們找不到燈的開關，史東先生。」他告訴他們開關在哪，甚至還幫忙打開。直到上了火車，把裝著晚報的公事包輕巧擱上大腿後，他才意識到剛剛發生了什麼事。「該死的蠢貨，」他對自己發怒，也對他們發怒。此後他變得很討厭那名打字員，幸好沒多久，她就離職了。

公司再也無法提供庇護，他只好再回家尋求慰藉，結果無論出門或回家，本質都是逃亡，直到他總算在新生活中找到安頓自己的方式，並開始期待回家打開花園前的鐵門，站在窗邊的瑪格麗特立刻打信號，而幹練的米靈頓小姐隨即打開前門的那一刻；此時瑪格麗特走向前門，一開始像要迎接他，隨後擁抱，臉頰剛塗的粉沾到他臉頰上。為了這一刻，她每天下午盛裝打扮，正如每天早上將他打扮後送出門那般仔細。

街坊鄰居仍對他們充滿好奇，尤其愛觀察這段傍晚的迎接儀式。為了讓自己看來更沉穩，他開始養成在接近家門時吹口哨的習慣。「吹得很不錯，理查，」某次瑪格麗特親吻他時這麼說。「狗狗還在等待買家呢。」原來那天他吹的是《櫥窗裡的狗狗賣多少錢》。此後他每天都吹這首。他就這樣成為她口中的「狗狗」，雖然頻率不高，但偶爾也會稱她為「狗狗」。

然而，每當與那棵樹互訴衷腸時，他無法克制地發現：相對於樹的寧靜，他是過得如此煩亂。樹會隨時間掉光葉片，但之後會重獲新生，並因此得到更大力量。但關於婚姻的責任，他是學得太晚了，導致以前的生活模式被完全毀壞，但這壞死只可能痊癒，不可能導致新生。因此那棵樹不再能帶給他安慰，反而像一種責難。

今年夏天的「男子」特別忙，他打算蓋一棟戶外小屋。史東先生比之前更熱切地希望他發生什麼意外，好結束他永無休止的巢穴翻新計畫——那讓他一家子持續崇敬仰望他的翻新計畫。

這麼說的話，他確實是個男人了，畢竟每天早上都勇敢地投身艱困的商業世界。現在他也明白，瑪格麗特是個女人，她將自我最重要的價值維繫於身為女性及妻子的功能，也就是替男人備食及著裝，取悅並鼓勵他們，偶爾色誘，且永不讓他們失望。為了恢復送他出門所花費的精力，她早上都在休息；到了下午，在準備迎接他回家之前，她也在休息；她非常在意晚上是否睡得好，以免早上看來太過嚇人。休息時，她會使用大量面霜或服用保養皮膚的營養品。但他不知感恩。他拒絕看重她的努力。他開始把她想得無所事事、懶惰又虛榮。每當想起被強加的責任，以及那天晚上她把被子拉近下巴的模樣，他就無法克制地想，這種分工對她比較划算。

這種不停強調男女分工的氣氛讓他非常煩躁。他希望她別再要求他投入園藝，但她不願接手。一方面是對園藝沒興趣——婚前針對花園的無知發言果然其來有自——但最重要的是，她認為男人就該有點嗜好，而既然史東先生沒其他才能，就該將園藝培養為嗜好。每天兩次，他得在餐桌上與她乾瞪眼（周日是三次），此時總是倍感壓力，這是他在婚前從未預想過的場景。身為備食者，她總是胃口很好，同時又不停為自己動作慢而道歉。她緊繃臉頰的汗毛上沾著粉底，唇膏變得油膩，並隨著進食變淡後擴散到嘴脣以外。每當在餐桌上想起她平日無所事事的散漫模樣，還「為了他」花上大把時間裝扮自己，他都擔心自己會不小心出言不遜。不過他們初次吵架卻是為了另一個荒謬的理由。

＊

瑪格麗特提議辦晚宴，他並不願意，但最後還是辦了一場和湯林森家九分像的晚宴。跟他們家相比，這場晚宴難免顯得寒酸，畢竟史東先生的房子被刻意維持年久失修的狀態，就連瑪格麗特用盡全力改善，結果還是差強人意。湯林森夫婦也有出席，渾身散發支持、友愛的精神，舉止間不難看出，他們認為是自己一手促成這樁新婚姻。出席的還有幾位瑪格麗特的朋友，其中幾位是在湯林森家派對認識，另外幾位是在伯爵郡旅館認識。（他對她實在所知甚少呀！）這群朋友中有一位年約四十或五十歲的高壯女性，那張臉彷彿被刮去所有魅力與表情；她幾乎沒說話，也沒受到什麼注目，只是有禮地坐在一開始被領去的座位，看起來很自在。

史東先生被要求邀請公司同事來參加，但他想不出能請誰。伊凡斯、奇娜和威金斯都不是很適合。伊凡斯或許還行，但要是接受邀請，他一定會表現出「你欠我一次」的模樣。史東先生和同事只保持公事關係，在公司他盡力表達誠意，這種模式在他單身的這些年已然定型，因此對他而言，任何互訪都算侵犯隱私；真要說的話，年輕人才時興彼此拜訪。此外，史東先生也不想在公司外見到同事。每次不幸撞見，總是先來一陣熱切招呼，那熱切暗示彼此有許多共通話題，但交換過辦公室最新流行的玩笑之後，對話就無以為繼，雙方都找不出什麼話題，最後其中一方會果決、愉悅地說，「那麼，公司見囉。」這種關係只有在公司得以維繫；他們就像溫室植物，需要人造環境保護。

史東先生這邊只來了奧莉芙與關恩，人數完全比不上瑪格麗特。他也無法將米靈頓小姐算為盟友。她穿戴髮網與圍巾，在瑪格麗特的指示下氣喘吁吁地忙了一整天，雖然又是嘆氣又是一身冷汗，但仍充滿幹勁。最後更讓米靈頓小姐驚喜得氣喘吁吁的是：瑪格麗特為了晚宴替她準備新圍裙與小帽，還替她往後大幅度斜戴，搭配較低的眉毛，米靈頓小姐的娃娃臉因此多了一絲俏皮。其實，就連關恩也無法算作史東先生的盟友。她蒼白的臉上長滿青春痘，表情酸苦，舉止可被歸納為不耐地輕視在場所有人的肥胖生物。史東先生對於自己作為丈夫與主人的角色已經夠困擾了，關恩更是讓他煩躁。

「我認為好的薄酒萊紅酒適合今天的場合，」瑪格麗特開口，透過帶領大家舉杯代替丈夫行使主人的角色——畢竟他完全沒有這麼做的意願。他們只有買一瓶薄酒萊，所以每個人只能分到一小杯，搞得像在喝烈酒，遵循的完全是湯林森家的習慣。之後男女也分開交談，跟湯林森家完全一樣。男女準備分開時，瑪格麗特因為身為「成功」女性，雀躍地將所有女性趕出飯廳，只留下史東先生、湯林森先生和另一名男子（這場派對中男女人數差距甚大，畢竟大多女賓客都是寡婦）沉默對坐，史東先生不知道該說什麼，湯林森看起來也很彆屈，另外一名男子（會計師，而且是主任會計師）清了清喉嚨，打算開口，但因為沉默太久喉頭梗塞，只發出一陣如同鴨子的短促叫聲。

「晚餐真好吃，」湯林森最後語帶鼓勵地說。

「沒錯，」主任會計師立刻接話，「非常好吃。」

他們聽著女士們走動及滿足的碎語聲。瑪格麗特聲音低沉，葛蕾斯則懶洋洋。飯廳裡沒飲料喝了（在湯林森家也是這樣）。曾有一次，好幾年前的耶誕節，湯林森想說個黃色笑話，每個人都準備好全神聆聽，甚至打算最後笑到連飯廳外的人都能聽見，但湯林森把故事說得太精準，所有停頓與微笑都過於刻意，那張感覺痛苦的瘦長臉上的厭惡之情也顯而易見，最後搞得故事平淡無味，等他說完時，甚至沒人知道故事結束了，當然也沒人笑。所有人都很尷尬，甚至有點震驚，畢竟這故事一旦缺乏機鋒，就只是一則蓄意猥褻的事件。此後湯林森就放棄這個娛樂他人的角色。所以現在他們只是站著，只是等待。

「我想我們可以出去了，」史東先生說。他拒絕使用「加入女士談話」的說法；他不覺得能夠表現得像湯林森那樣隨興又堅定。

「再一陣子，」湯林森說，彷彿有人要求他掌控場面。

此時傳來有人沖馬桶的聲音。

主任會計師清了清喉嚨。

他們出去時，瑪格麗特立刻親切探問，「你們這些男人剛剛開心地談些什麼呢？」

他們圍著老虎皮坐定，彷彿參加一場決鬥。外表看來，當別人拿他們的婚姻打趣時，儘管心存怒意，史東先生總能幽默以對，不過在聽見葛蕾斯．湯林森說，「你已經把他訓練得很好了，瑪格麗特，」他還是忍不住惱怒地皺起眉頭。

所謂的餘興活動跟湯林森家一樣。比如歌唱橋段。跟湯林森家一樣，女士們理當歌聲優美，聽眾也該在表演後認真鼓掌。有時候，頻率真的不高，會有特定女性被預期扮演搞笑角色。但真正該如小丑般娛樂大家的是男性，他們是野性生物，在外為事業衝刺時難以親近，但私下在家與伴侶及友人相處時，仍會放鬆展現個性和善或孩子氣的一面，那是外人從未想過的一面。所以他把夾克領子滑稽地翻起來，拉下額頭上的髮絲，捲起一邊的褲腳，和另外兩個可悲男人表演一首搞笑歌曲。

歌曲結束後，瑪格麗特要求關恩朗誦「一點好東西」來聽聽。令史東先生驚訝的是，關恩立刻起身，波浪裙背面因為剛剛壓在其上的體重皺成一團，然後在虎皮上站好定位。她讀的是《不可兒戲》中的場景，過程中刻意壓低聲音，但不是因為其中有男性角色，而是為了模仿一位知名女演員扮演的女角聲調。史東先生讚嘆地欣賞著，在那一刻之前，他從未想過關恩有做好任何事的能力。她的酸苦表情變得一片空白，彷彿取消了自己在房內的存在。她全然專注演出那一個場景，藉由突然轉頭暗示角色轉變，從頭到尾都沒有動搖或失態，雖然在嘗試以誇張喉音讀出「在手提袋裡」時，「手」完全破音了，她也未曾驚慌。大家都非常讚許她的表現，就連史東先生也是。

然後他突然想到，關恩模仿的正是瑪格麗特之前模仿的角色，這麼做其實有點冒犯人，畢竟在共同認識的朋友圈裡，瑪格麗特始終以這個角色聞名。他偷瞄了瑪格麗特一眼，發現她有點不開心，鼻子連接到嘴巴的線條變得緊繃，假牙上的嘴唇微微翹起來。他感到滿心同情，不過關恩表演完後，瑪格麗特立刻帶領大家鼓掌，還大吼「太棒了！太棒了！」

關恩鞠躬，受過訓練的姿態良好，模樣彷彿在一間無人房內。接著毫無預警地，她開始朗誦一個全新段落：《威尼斯商人》中的法庭戲。這段效果沒那麼好，畢竟在前一段表演中，她把一般行文唸得非常戲劇化，但此時卻把戲劇化場景讀得像平日閒聊，比如朗誦波西亞的台詞時，史東先生一度不知道那是誰的台詞，等關恩轉頭扮演另一個角色夏洛克時，甚至還用了猶太口音。

史東先生隱約知道情況不妙，他轉頭望向房內眾人，從他們的表情確定了內心疑慮。葛蕾斯．湯林森的嘴唇向來微張，此刻卻死死緊抿著。湯林森表情嚴厲，瑪格麗特雙眼顯然怒氣翻騰。所有人的眼神不時游移到緊盯關恩的主任會計師身上。

朗誦還在持續，奧莉芙為女兒感到很驕傲，完全沒注意一屋子不滿及尷尬的氣氛。

朗誦結束。關恩沒等大家拍手就鞠躬下台，回到位子上撫平屁股上的裙子皺褶，然後盯著自己的大腿，一副被冒犯後惱羞成怒的模樣。此時其他人窸窸窣窣的聲音打破沉默。

「班克斯小姐，」瑪格麗特冷淡地開口，「你有為我們準備音樂演出嗎？」

被點名的正是那位被刮去所有表情的高大女性。當晚始終沒什麼人注意她，她也始終滿意沉浸於自己的小世界中，在餐桌上進食時也表現安穩、靜定。而現在，她沒有應答，只是從一只大提袋內取出琴譜，起身，然後坐到鋼琴前，開始演奏。

＊

在聽眾的極端靜默中——大家過於深刻地投入於班克斯小姐的演出——史東先生有了不少時間思考。這是多麼大的改變呀！鄰居現在能聽到從家中傳出的音樂，但光從外表看來，這棟房子幾乎沒有任何改變。他在街上看到的房屋大門總是平淡無奇，但門後想必也發生過許多怪事吧！有時候，史東先生會在坐火車時想像一個場景：剝除了車廂、座位和乘客後，他獨自以坐姿浮在離地四或五英尺的高空，以四十英里的時速前進。而現在，他的腦中也無法克制地出現類似畫面：整座城市剝除了磚石、木材、金屬與所有建築，導致每個人都懸在他人隔壁、之上或之下，但仍繼續著人類存活於世的所有行為。然後他突然有了領悟，這領悟太令人沮喪，無法輕易掠過；他發現人活於世，所有虛華表象終究會令人失望，即便為了定義自我，人類追求許多恆久不變的堅實事務（像是「野獸」為那些春天開放的花澆水，或是「男子」不停擴張自己的巢穴），但結果並無差別。因為對人類而言，肉體以外的一切終究無關緊要，唯一重要的只有自身的肉體、懦弱與腐敗。

＊

兩星期後，這場荒謬的晚宴竟然有了後續。大約每隔四周，奧莉芙都會送史東先生自己烘焙的水果蛋糕，就算是她結婚那段時間，就算是關恩的出生，這項傳統始終屹立不搖。史東先生很高興看到自己的婚姻也沒有摧毀這項傳統，雖然瑪格麗特不大喜歡——這提醒她不是唯一需要她丈夫男子氣概的人——但至少每次由她負責切開蛋糕時都是開心的。

但今天晚上，蛋糕切好，咖啡上桌，他們坐在電火爐前，瑪格麗特做件奇怪的事。她用刀子插著一塊蛋糕，直接靠近電火爐的柵欄。

「你這樣會觸電！」史東先生大叫。

油脂豐富的蛋糕已經燒起來了。瑪格麗特立刻把蛋糕甩向反射器這一側。蛋糕穩定旺盛地燒著，簡直是上好的燃料，就連完全焦化後都還在燒，與蛋糕接觸的金屬刀面最後也因為溢出的油脂染上棕色。

「在印度，」瑪格麗特凝視著蛋糕，「烹調或進食之前，他們都會這樣，奉獻一小部分食物給火焰。」

史東先生勃然大怒。他一如往常輕緩放下手中盤子，但最後一刻改變心意，把盤子用力摔上桌面。他起身往門口走，途中還踢了虎頭一腳，但差點因此跌倒。

「狗狗！」

他手還扶著敞開的門。「我——我不相信你去過印度。」

「狗狗！」

他把自己鎖進前身為垃圾間的房內。這裡被瑪格麗特用自己的家具整理布置過後，成為所謂的「書房」，就為了讓他享受專屬於男性的私人時光。現在他在這兒，不顧門外的瑪格麗特敲門、呼喚與安撫，一邊沉浸於黑暗，一邊想著過去、想著奧莉芙、想著自己，又想著童年。他眼前有一個十七歲的男孩，那時是冬日，他獨自從學校離開，正走過高街的許多商店。男孩正要回家，還不知道眼前等待的是什麼。他不知道這是真實發生的事，還是拼裝過後的記憶，也不確定為何會腦中浮現這段走路回家的畫面，但當他希望以柔情眼光回顧童年時，看到的就是這番光景。男孩不知道自己的人生將如卷軸般平順展開，歲月無波流逝，史東先生為他感到一陣痛惜。

一陣子之後，激情逝去，時間已經晚了，他的身體僵冷，但還是在書房裡撐到十點之後。接著毫無來由的，他下樓走到客廳。瑪格麗特沒説話，只是讀著從圖書館借來的一本書。他也沒開口，又上樓走進浴室。現在他們有了共識，睡前一定由他先漱洗，如果要抽菸斗，最好也在浴室，因為瑪格麗特認為這樣可以把浴室變暖，此外，她也喜歡他的菸草味。因此，他習慣在離開浴室之前熱烈地抽上四、五分鐘的菸斗。但今晚既然吵架了，他離開浴室前沒抽菸斗。

他從臥室聽見她漱洗的聲音，在她進房時則已經躺進床罩，毫無動靜。她沒有開燈，設定好鬧鐘後就上床。

史東先生本來快睡著了，但又聽見她叫他。

「狗狗！」

他沒回答。

幾分鐘後她又開口。

「狗狗！」

他發出一陣咕噥。

「狗狗，你讓我很不開心。」

他幾乎要大發雷霆，但光是疲憊就足以使他保持沉默。

她開始啜泣。

「狗狗，我想吃一塊你的蛋糕。」

「那你就自己去吃那該死的蛋糕呀。」

她啜泣更大聲了。

「你不跟我一起去吃蛋糕嗎？狗狗。」

「不要。」

「吃一小片就好了，狗狗。」

「我的老天呀！」他把床罩用力掀開。

她坐起身。

他們一起去浴室拿假牙，然後一起下樓走到客廳，身體因為寒氣顯得有點僵，然後一起沉默地吃了一大塊奧莉芙做的蛋糕。

接著他們一起上樓走進浴室，拿出假牙，爬上床，還是沒說話。

他現在完全醒了。

「狗狗，」她說。

「狗狗。」

過了好一陣子他們才入睡。兩人都嚴重消化不良。

奧莉芙還是持續寄來蛋糕，但史東先生心裡明白，他和妹妹的關係已經回不去了。

＊

他就這樣逐漸成為已婚男子，婚姻也逐漸在他身上施加影響力。瑪格麗特展現出性格上的可塑性，這些刪修調整的過程讓他能毫不費力地與她相處。他是兩人關係的核心，她完全依照他的習慣修改自己的舉止，且不感一絲艱辛，因此，他在觀察她與朋友的互動時很驚訝地發現，原來她也有自己的個性、觀點及處事態度。一開始他覺得瑪格麗特是米靈頓小姐的分身，現在卻覺得兩人都是自己的分身。儘管原本不願承認，但現在只要想到早上一出門，家中時空就因等待而懸置，直到為了迎接他下班才再次活躍起來，他就一天比一天愉快。

所有習慣轉化為儀式，並逐漸神聖起來。他接受園藝作為嗜好，而且是瑪格麗特渴望的形式。無論是瑪格麗特或米靈頓太太，都認為他對花床與新芽的專注如同聖禮，並甘願以侍僧之姿隨侍在側（在此之前，除了以失控、放縱且奢華的方式大撒貓胡椒之外，米靈頓小姐實在不大在意花園，頂多在開花時稱讚它們美麗）。他逐漸建立「喜愛園藝」的名聲。不過當瑪格麗特說「有些事要跟你分享，狗狗，」並介紹《鄉間提問》及《你的花園》兩個廣播節目時，他還是劃下拒絕的底線，為了平復她的失望，他不停重申自己在公司聽過了，節目中那些以鄉土口音談論鄉間生活的**傢伙**住在梅菲爾，只懂在窗台種花。這成為他的「名言」，在此之前，他說的話從未成為「名言」。

另外，隔壁的黑貓也被確立為敵人。為了確保主人別發現這隻生物闖入的足跡，兩名女性甜美聯手，不但每天下午輪班看守，要是有了災情也會迅速復原，以免主人發現後心情受到影響。這場戰爭被轉手了，史東先生對貓的敵意隨之減退，但也不免有些失落。

在婚姻帶來的平和表象之下，他體認時間的方式逐漸改變。飛逝光陰快速侵蝕他的人生。他在聽廣播時覺得每個星期日都緊挨著彼此：新聞結束後就是《海岸與鄉村》，而那些《十月鄉村》、《十一月鄉村》明明是每月節目，現在卻像每周節目：每到星期日，他都覺得上個星期日彷如昨日。於是一周接著一周飛逝，他離退休、無能與腐敗也愈來愈靠近。那些累積於心底的年歲雖然缺乏創造力，但曾令他如此舒適，現在秩序井然的日子卻反而使他意識到自己的失敗。他的焦慮在每個不需要上班的周日逐漸加劇，於是渴望周一，渴望靠著周間工作得到短暫撫慰，但明白那是假象；他最近開始寫工作日誌，靠著上面滿滿的會議與待辦事項，他才能假裝自己總在為要事奔忙。

那棵樹木繼續隨年歲改變外貌，每天以自身驗證時光。每當他在周日午茶時，總會以精準、仔細又緩慢的姿態安穩心神，同時向瑪格麗特說，「你是我的一部分，瑪格麗特。真不知道沒你該怎麼辦，」語氣中帶有瑪格麗特無法全然明白的迫切與感激。

3

三月底，黑色枝條上的新芽在太陽下閃著白光，並一天天染上新綠，此時史東先生和瑪格麗特打算離開倫敦度假兩周。這是史東先生的假期——他很快就不再需要請假了——也是他們的蜜月之旅。他們決定去康維爾，因為史東先生希望能在英格蘭度過這段假期。戰後他想要出國，於是一九四八年他去了愛爾蘭，但假期中最快樂的時光，卻是在由南安普頓開往柯芙的奢華郵輪上，不受配給額度限制地恣意吃喝。兩年後，他又去巴黎過了兩個禮拜，一開始，身處世界知名城市確實使他愉快，但很快就深感無趣；光是忠實地把著名景點走過就害他累壞了。每次回想這段旅程，他都不懂自己為何乖巧地把旅遊書推薦的行程走完，就連枯燥的萬神廟和傷兵院都沒錯過。他曾逼自己去咖啡廳，但憎恨咖啡，且坐在不熟悉的地方發呆實在不是令人愉快的經驗，更別提眼前的咖啡小杯到不行。他嘗試了開胃酒，但覺得不過是浪費時間與金錢的玩意兒。他很寂寞；走在路上時，一名阿爾及利亞人戲謔地扒了他的錢包，還警告他以後得更小心；一切都昂貴得可怕；他本以為法國人輕浮、愛玩樂，還因為戰爭帶了一絲憂傷氣質，但街上男男女女不停對他大喊「我們提供服務！先生！提供服務！」完全使他大開眼界。假期的最後兩天，他還染上某種痢疾，除了礦泉水外完全無法攝取固體食物。

所以這次去康維爾。面對這個為了節儉做出的選擇，瑪格麗特努力壓抑內心失望，關於經濟不夠寬裕的現況，她原就心知肚明，但最近愈來愈常在談話間提起，畢竟史東先生再過十八個月就要退休了。她把旅行的事告訴葛蕾斯．湯林森，葛蕾斯也同意現在是他們了解自己國家的大好時機。

他們下榻在彭贊斯的皇后旅館。春季仍未正式開始，旅館人員表示最近氣候異常惡劣，似乎安慰他們此刻來訪並非愚蠢決定。他們受到盛情款待。

他們搭公車去散步。史東先生穿著適合大城市的黑色大衣，自己都覺得顯眼（那是件辛普森牌大衣，已經穿了二十年。史東先生和和湯林森很早就認定辛普森牌衣服雖貴，但值得那價錢；之前曾有段時間，史東對於自己在衣著方面完全是個「辛普森男子」感到非常滿意）。在英格蘭的其他地區，他可能不覺得自己顯眼，但在這片地景中，這身裝扮顯得軟弱又笨拙。此地定居者幾乎沒有改變地景，但不是人類決定撤退，而是無法適應後全然敗退，彷彿訴說著一段人與土地之間的不和諧故事。

在一座裸露的崖壁上，他們看見一隻死狐狸，屍身完整如同活物，沒有任何死亡或被暴力對待的痕跡，牠躺在那裡，彷彿只是睡著，毛皮隨風起伏。

他們在星期天去柴徹斯特，那條路很難走，其中一段是極危險的岩石小徑。野風刺骨，不時啃噬著皮膚，反覆無常的陽光極其稀微。兩人到達目的地後脾氣都很壞，完全沒心情參觀凱爾特人的居所遺跡。他們靠著一道矮牆坐在背風處，史東先生也顧不得那身大衣，只是專心地喝茶，這一路上因為帶著茶，害兩人走得更辛苦。陽光偶爾從雲後透出，但還不足以暖和他們。

接著他們像巨人般走進居所遺跡，檢視一叢叢群聚的硬石小屋。那牆之厚、工法之凌亂，內部空間之小，彷彿唯一目的就是幫助人類避開大自然的侵害。史東先生想到拿著澆花器的「野獸」與不停裝修巢穴的「男子」，這絕不是他們所追求的環境。然後他想起自己的辛普森外套。他覺得自己像個拿拐杖又披豹皮的滑稽角色。他不想久留，小屋內的景象太令人沮喪，他只想逃開。

他們本來計畫搭公車到聖埃維斯，再從那裡搭另一輛公車回彭贊斯。之前在旅館房間內憑藉著地圖與公車時間表，這趟類似冒險旅程好像很輕鬆，但走到柴徹斯特比他們預期的時間還長，他們無法確認自己現在的位置。瑪格麗特強調自己很笨，無法處理這種事，決定把挽救現狀的工作交給史東先生，因為寒風與毫無暖意的陽光，她也逐漸失去耐性。

然後他們看見了火。在那片小屋群集後方的乾燥荒野上，冒著清透白煙的火苗正默默地往他們逼近。

他們不是唯一發現的人。兩人左方有個人也在觀察火勢，他是個骨架高大的男子，穿戴深藍色貝雷帽和沒有扣上的破爛軍式束腰大衣，看起來是名農工。他長而厚重的臉是暗紅色，雙眼細小，嘴脣腫裂。

史東先生覺得他們應該趕快離開了。

「我們要怎麼找到前往聖埃維斯的路？」他發現自己在大吼，彷彿害怕說出口的話語會被那靜默的火掩蓋過去。

穿著軍大衣的男子沒說話，只是瞄了他們一眼，長腿俐落踏著步伐走開了。他走過分開小屋與那片荒野的牆，沿著地上的淡白小徑，就這樣走入煙裡。

他們害怕那名男人走不見，只好立刻跟上，跌跌撞撞地越過那堵牆。

他快要消失在煙霧中了。

史東先生開始驚慌。

男人停步，轉身面對兩人，之後走進煙霧中。他們趕緊跟上。

他們聽見火焰低沉的剝裂聲，周身被煙霧包裹。此刻的他們彷彿脫離地表，與現實隔絕，史東先生也失去判斷力與行動的意志。

接著，瑪格麗特尖叫「狗狗！」的聲音喚醒他的恐懼與疑心，他們跑出煙霧，重返牆邊呼吸清澈流動的空氣，也重返岩石、土地與天空的懷抱。

他們站在牆後盯著火。火焰一路朝他們燒過來，但在他們眼前熄滅殆盡，煙霧也消散在空氣中，彷彿從未起過火，彷彿之前的一切全是幻覺。

此時開來一輛莫里斯Minor，兩人因此完全回到現實。史東先生問駕駛如何抵達聖埃文斯，這名剛抵達的旅客表示願意順路載他們到彭贊斯。

上車之後，他們才看見穿著軍大衣的男人站在石造小屋附近。他盯著些微炭化的地表，從頭到尾都沒有抬頭望向他們。

「噢，當然，」瑪格麗特把下午的事件告訴旅館櫃台職員，對方如此回答，「康維爾就是這樣，」——他講話帶有伯明罕口音，會把「ㄤ」音拉得很長，彷彿鋼琴延音踏板被踩下——「充滿各式傳奇。好的傳奇。」

史東先生始終相信能用理性、簡單的方法解釋這個事件，但內心還存有那個虛幻的時刻，所有塵世及生活的感官全被懸置的時刻，彷彿經歷了無有，經歷了死亡。

＊

他們決定錯過康維爾的傳奇——櫃台人員津津有味地說，他認識的一名男子去過柴徹斯特之後，房子就被燒了——此外，天氣持續不穩，大多時候下著濛濛冷雨，更進一步堅定了他們的決心。不過，天氣在他們離開的前一天放晴，他們決定去散散步。他們沿著崖邊走，一旁有許多深白色的足跡小徑，全部往下延伸至靠海的半廢墟，結構明顯是毀壞了，但影響程度之廣泛，觀者一瞬間仍無法完全意識過來。天氣仍然寒冷，他們在路上沒碰到超過六個人，但讓史東先生滿意的是，其中一名男子穿著屬於城市的黑色大衣。正當他們感到疲憊，迫切需要一點甜食撫慰時，眼前出現一個美妙的指示牌，表示五十碼外有熱茶供應。

提供熱茶的地方和指示牌一樣美好。每一張紅藍交錯的清爽格子桌巾上都有一張整潔的白色卡片，根據卡片的文字介紹，此地的擁有者是奇切斯特小姐，無論是這家店或她本人，總之名字都是奇切斯特。她是一名中年女性，身材矮胖，肚子很大，生氣勃勃的模樣是對勞動尊嚴的稱頌，那氣勢彷彿認定世上所有人都發現這項真諦；她的口音文雅且不過分花俏；衣著和妝容還算仔細，看得出來應該是手頭拮据的寡婦，但仍未完全放棄自我。

眼前只有一桌坐了三個人，分別是一名男性和兩名女性，女性和奇切斯特小姐一樣身材矮胖，但身形各處都相對多了些肉，無論腿、皮膚或頭髮的質感都很粗糙，外套、帽子和閃亮的新提包只是更表現出她們的品味隨興且拙劣，圍繞呆滯眼神的鏡框選擇也很糟，柔滑但腫脹的雙手緊抓著大腿上的提包，而在下擺扣子沒扣上的外套強調下，那大腿肥胖程度更是顯眼。那名男子則是身形乾癟，窄窄的肩膀鬆垂，身上掛著一件僵挺的斜紋軟呢大衣，髮量稀薄，助聽器的軟電線與眼鏡框讓他散發出已被磨損至危殆的氣氛，正如他的手捲菸，又薄又皺，彷彿吸菸者脖子上充滿皺紋的皮膚，此時動也不動地卡在脣間，彷彿被他遺忘。他對於眼前出現的瑪格麗特與史東先生毫無興趣，只是一直盯著桌布，而坐在他兩旁的女人則彷彿他的監護人（其中一位應該是妻子，另一位是誰呢？）

他們的沉默讓瑪格麗特與史東先生也不禁沉默起來，就連奇切斯特小姐端茶出來時，也沒有人打破沉默。那名男性無言地埋首於桌上的杯盤與美味的食物，彷彿為了此刻儲存所有精力。他飢渴地攻擊眼前精巧的三明治、剛出爐的司康和手作果醬；隨著食物不停進入他的嘴巴，他變得愈來愈有活力、躁動，甚至能展現魄力。他纖瘦多毛的手不停往四面八方抓取茶壺、蛋糕盤和果醬碗，動作之果決、之有氣勢，就連一開始試圖導正他凶猛氣勢的監護人最後也投降了，只能搶到多少食物算多少。突然之間，那名大食怪停止動作，嘴唇推擠牙齒發出吸吮的聲音，臉上盲目的迫切表情又變回早前的酸苦喪氣。他直直盯著前方，眼前什麼都沒有；他的監護者則試圖挽救這場下午茶，希望不至於倉促收場，但不時小口咬著麵包和奶油的模樣彷彿食慾盡失。從頭到尾都沒人說話。

自從去年開始，史東先生就養成一個習慣，他會觀察年紀比自己大的人。他一直抗拒這麼做，因為根據觀察，只有女性、年紀很小的孩子，和年紀很大的男性會如此熱切地觀察同類。但此刻的他早已忘我又驚恐地凝視著那名男性，然後意識到，隨著那位大食怪愈來愈瘋狂，他的舉動便愈是過度節制而緩慢。

接著沉默消失了。門被大力推開，走進來的是一名高大好看的男子及一名嬌小好看的女孩。男子穿著登山服，裝備繁複得彷彿要去爬喜馬拉雅山或阿爾卑斯山。他背著帆布背包和繩索，粗厚長褲塞進羊毛襪中，羊毛襪則往下消失在一雙毫無光澤的靴子中，靴底厚得驚人。他帶著男子氣概登場，卸下身上所有可卸的重擔，因此發出兩到三人份的噪音。女孩動作輕緩，寬鬆且大幅度擺動的長褲內顯然還有很大空間，顯示她的瘦弱；淡藍色絲巾更添此氣息。她的衣著顏色淺淡，雨衣是奶黃褐色，再加上淺棕色鞋子的樣式，看得出來是歐洲人。

這名登山者挑了張桌子坐下，穿著粗布褲的膝蓋直頂向桌巾，相形之下，桌子和花瓶都像是給侏儒用的。他對室內所有人打招呼，還搭配鞠躬，講的英文口音不重。

大食怪與他的監護人點頭回禮，史東先生卻垂下視線，彷彿既是驚訝又被冒犯。瑪格麗特的注意力都在司康和果醬上，只有在聽到招呼時稍微分神。

但此後，男子主導了室內氛圍。他的話語創造出一種對話動能，完全不受他人沉默影響。他說自己是荷蘭人；在他的國家沒有山；康維爾的如畫景觀美得難以描述。身為荷蘭人，他以完美英文說明這一切，面對沉默且圍著絲巾的旅伴，話語間偶爾插入的幾句荷蘭文更使人激賞他的語言能力。

他不需要回應就能繼續說下去，但大食怪和他的監護人逐漸被他的話語吸引。他們先是點頭並發出「沒錯！」「噢！」的讚嘆，之後開始稱讚他的英文。荷蘭人把這些話都翻譯給旅伴聽，她有點尷尬地挑眉，彷彿被稱讚的是她本人。

「所、所以——」大食怪開口，一邊用嘴唇滾動皺爛的紙菸。「所——所以你們是來度假嗎？」他的音量很弱，卻又異常帶著怨氣。

「是兩周的假期，」荷蘭人回答。

大食怪開始嚼紙菸。「我——我上禮拜五退休了。」

荷蘭人用荷蘭文翻譯給旅伴聽。

「四十年都待在同一間公司，」大食怪的聲調愉悅。

他的監護人瞄了瑪格麗特和史東先生一眼，邀請他們回應這項資訊。

「四十年，」瑪格麗特吞下蛋糕，「真的很不賴。」

「確實是很不賴，」荷蘭人說。

此時兩名監護人對所有人燦爛微笑。

「給他們看呀，弗烈德，」其中一位監護人說。

「上禮拜五，」弗烈德開口，表情一如早先酸苦喪氣，語調也仍帶有怨氣，「我辦了場派對，他們給我這個。」他講起話來很辛苦，喉嚨似乎哽住。他停頓，吞下食物，然後補充說明，「為了向我致敬，」他的手伸進背心口袋，「他們給了我這個。」

一位監護人把錶轉交給荷蘭人。

「四十年，」弗烈德說。

「很不賴，」荷蘭人回答，之後又用荷蘭文重複一遍。

他的旅伴抬頭，臉頰紅了起來，看著弗烈德微笑。

監護人拿回那支錶，又遞給瑪格麗特。

「看看，這實在……很不賴……是吧？」瑪格麗特的眼光從錶移到弗烈德臉上，彷彿和孩子說話的語調顯然使他備受鼓舞。「很不賴是吧？理查？」

「很不賴。」

「他們是禮拜五給我的，」弗烈德說，「我禮拜五退休——」

「我們禮拜六就把他帶來這裡，」領頭的監護人驕傲地說。

這下弗烈德的話匣子真的打開了。「看看上頭的刻字，」他又把錶交給史東先生，「在背面。這禮物算是個驚喜，當然他們之前偷偷討論了很久——」

「很不賴，」史東先生把錶遞回去。

「給她看呀，」弗烈德指示他拿給瑪格麗特看，「但最後一天到底有什麼好在意的？我說，最後一天跟每天都一樣。最後一天不過是另一個——」

「很不賴，」瑪格麗特說。

「可以讓我看看嗎？」荷蘭人伸出手。

「我不尋求功勳。現在這些年輕人都這樣，老在尋求功勳。那些年輕人跑來問我成功祕訣，我說，『你們自己去追求吧，夥伴，我可不尋求功勳。』」

＊

回家路上，瑪格麗特注意到史東先生鬱鬱不快，「別擔心，狗狗，我到時候會為你買一支錶。」

他們前一陣子常開這類玩笑，算是關係中僅存的機智交鋒，但他的表情沒變，本來與她靠近，此刻卻挪開肩膀，繼續保持沉默，顯然被這個玩笑搞得更惱怒。她只好繼續沉默地望向窗外。

他的不快比她想像的還嚴重。不只因為茶店的古怪場面，不只因為看到登山者和那名老鼠般的男人表現平板如同諷刺漫畫人物，還因為在茶店中，他心中幾乎充滿對女性的厭惡。無論是奇切斯特小姐——明明是沮喪寡婦，肥胖的身體還是穿了馬甲，而且表現得精神奕奕——還是大食怪身旁那兩位品味隨興又拙劣的監護人。他最恨的是那名臉色泛紅、沉默、身上穿著柔色系的嬌小女孩。那名只有裝飾功能的奴顏者最後只會成為寄生蟲，兩名監護人則會成為被監護人，被交待時時記下他的名言，表演他想要的把戲。

這兩個禮拜，除去梳洗上浴室，他和瑪格麗特一天二十四小時都待在一起。這是一個令他困擾的全新體驗，並在茶店裡達到高峰，而她那句調笑的話——「我到時候會為你買一支錶」——語調像鼓勵一個孩子，就外在情境而言（剛剛在「生活」中觀察到一些幽默的事件），這是一句可接受的玩笑話，但此刻卻釋放出他所有累積的怨憎。

但和這一切思緒交織的還有其他感受，在他們搭車經過因為天色逐漸變黑而開始暗藏威脅的鄉間時，他開始對女性及自己的婚姻有了另外的想法：坐在身邊的她背叛他，因為她既不肥，也不是寄生蟲，反而關愛地為他感到擔憂，這實在使他深感羞辱且難以忍受。

他們的沉默與不滿一路持續到旅館，櫃台人員注意到了，內心滿意。夜晚到了尾聲，本來在茶店時，史東先生只想逃離瑪格麗特，但正因為兩人之間的沉默，他又覺得她成為令人舒適的存在。躺上床後，他刻意在腦中重現在那片白色空無中的幻覺時刻，那失去現實感的時刻，以及當時真正的恐懼，然後開口，「狗狗。」

「狗狗。」

她語調不再冷硬。他知道她剛剛哭過。

4

就在那天晚上，史東先生有了成立「騎士夥伴」的想法——這名字是之後由年輕的專業經理人溫珀取的。他當時躺在床上，突然就來了靈感，內容相當完整，令人驚訝的是，他到了隔天早上仍認定這是個好主意。他在回到倫敦的一路上都在反覆思考這個主意，卻沒添加任何細節，只怕一手打造的計畫無法完成，心情既焦慮又興奮。

才剛回到家，他就宣布自己要到書房「工作」。家裡兩名女性對此期待已久，一聽到後立刻加緊腳步滿足他的相關需求，瑪格麗特的喜悅中也有一絲放心，畢竟之前一整天她就已經發現，他在這段路上的沉默並非不快。她替他調整桌燈，削尖鉛筆，雖然沒有得到指示，但仍端了杯熱飲過來。雖然不想退開，但她發現史東先生開始感到不耐，所以立刻指示米靈頓小姐，主人要工作了，不得干擾。米靈頓小姐癟嘴，努力想躡足緩步行走，但穿的黑裙太長，很難判斷是否成功；不過她不屈不撓，仍嗓音粗啞地悄聲說話，但太過壓抑，話語常不小心一陣陣爆出過大音量，反而比她平常喘不過氣的說話聲來得吵。

此時在書房內，史東先生只專注在眼前鋪了厚羊毛的桌面（瑪格麗特帶來的桌子），彷彿那是黑暗中唯一的光亮，並用軟鉛筆在薄脆白紙上滑順地書寫著。

他不停工作到深夜。隔天從公司回家，他也直接走進書房，並再次宣布自己要工作。這個情況持續了超過一周。他書寫，他修正，他再次書寫，自始至終都未受疲憊侵襲。他的筆跡開始改變，不再整潔，反而侷促且難辨認，其中一些弧線筆跡似乎是故意寫得隨便，卻增添了更令人愉悅、權威的氣息，甚至更為均衡。每行字都寫得筆直，邊緣切齊，每頁的書寫邏輯一致——紙張上的軟鉛筆刮痕、刪去內容的橫線，以及在邊緣處拉線框格內進行的修改內容——光翻閱就是一種享受。

終於他寫完了。史東先生還是會在晚上進入書房，卻不像之前有事可忙。他已經寫好那份文件，並在某天早上放入公事包（這東西總算有用處了），把文件從家裡帶到公司，並說服其中一名打字員幫他繕打出來。兩、三天後，他收到了用艾克斯可公司飽滿紙張打出來的逐字稿，並再次為了這個渾然天成的完美計畫而感動，卻又因為過於害羞不敢把打字稿交給部門主管。他不認為自己是行銷這個計畫的最好人選，最好還是送給一個不認識他的人。因此過了幾天，他沒有依循正確程序，直接將打字稿提交給哈利爵士，也就是艾克斯可公司的老闆，並另外附上一封自薦信，就這樣把信封放入內部郵寄匣。

他感覺耗弱、傷感又空虛。他的夜晚再次無事可做，只能再度投身於園藝、電視或報紙。

他並未期待任何事發生，但當會計部的基南——他消息靈通，總能事先掌握訊息，而且享受把眾人皆知的事情當成祕密傳達的樂趣——某天來到檔案部，在快要靠近他的桌子時誇張地躡手躡腳，最後悄聲說了，「聽說老闆那邊打算找你去談談唷，小史東，」他倒也不是很驚訝。

基南並沒有解釋原因，但顯然認定史東先生捅出了些紕漏。他的鬍鬚在形狀漂亮的牙齒上捲曲；雙眼在缺了一支鏡臂的眼鏡後閃耀（他始終蓄意放著不處理）；寬鬆長褲內那雙瘦腿的膝蓋正在抽動。

消息很快傳遍辦公室。史東先生被叫去老闆辦公室了！氣氛彷彿史東先生犯了什麼滔天大罪，導致檔案部無法處理，只好勞駕老闆辦公室此刻出馬傳喚他。不然一般而言，只有部門主管會遇上這種事。

史東先生知道大家都在碎語，也注意到大家看他的眼神，但假裝不在意，同時清楚這選擇會被詮釋為異常勇敢的表現。眼前情況詭異的熟悉，然後他想起茶店的大食怪。「當然大家私底下有些耳語。但最後一天到底有什麼好在意的？我說。」這聯想令他不安，但令他感到熟悉的不僅止於此。那天早上發生的所有事件，他都彷彿經歷過了。

直到接近中午，他走過伊凡斯敞開的辦公室門口，才明白令他熟悉的究竟為何。伊凡斯曾是英國皇家空軍的一員，他從未談論此事，但其他人難免會提起。他總是穿著深藍色的雙排扣西裝，短腿踏著清脆腳步，皮製鞋跟更讓每個步伐多了軍人踏正步的俐落，舉止如同一位忙碌大人物。他是個危險人物，就連跑去跟底下的年輕人混在一起時，他孩子王的氣質加上自負為公司看門狗，讓他總是不怕開長官及組織的玩笑，其實那些內容分析起來無傷大雅，但偶爾會害年輕人做出逾矩之事。因此，當他走過伊凡斯總是敞開的大門，為了讓自己看起來忙碌，手中還拿著只要走出檔案部都會帶著的多餘文件，此時他突然意識到，雖然手中的文件跟之前一樣無關緊要，但伊凡斯看他的眼神卻和之前完全不同，反而和那天早上的其他人一樣，都帶著一絲敬畏。於是他終於知道當天早上的那份熟悉感從何而來。他所感受到的正是之前在幻想中，當他坐著扶手椅平靜飛過空中時，人們總是驚嘆地望著他的美好場面。

所以他誇大自己的平靜表現，直到上了火車，把公事包擱在腿上時，他才真正放鬆下來。深邃眼窩周遭的細緻線條都成了笑紋；嘴脣也飛揚起來。他微笑，這名疲累、年邁的公務人員無視周遭群眾，眼神只是空洞地盯著推銷保險的海報。

吃過晚餐後，他往菸斗內填菸絲，瑪格麗特則在一旁編織，燈光暗得令人有點痛苦（她對強光過敏），然後他開口，「他們希望我去老闆辦公室工作。」

這句話對她意義不大。她只是簡單回答，「那很不賴呀，狗狗。」

他沉默了，她卻沒留意，所以情況沒有發展成那種兩人共享的沉默。但他下定決心，此後什麼都不再跟她多說。

＊

老哈利——不認識的人會這麼叫他，但那些有幸與他對話的人，為了表示親暱，都會稱他為哈利爵士——是個嚇人的角色。在史東先生、湯林森和湯林森朋友的妻子眼裡，男人都擁有令人難以親近的公眾形象，但一般男人只會在私底下卸下這張面具，身為重要人物的老哈利卻會在公開場合卸下面具。他常投書到《泰晤士報》，主題包括新襯衣上的別針數量、火柴盒裡的火柴數量，和檢驗燈具的確切標準。他從未談及「第一屆櫥窗尋怪比賽」，但針對「搭乘十一號公車的習慣」談了不少，還發起了有關倫敦運輸局發行公車票的討論。（「在我看來，無論是外觀或觸感，那張骯髒皺爛的紙片都沒有公共汽車票該有的樣子，就算乏味，這好歹也是一張正規的運輸通行證。但跟其他合宜的票券不同，它幾乎完全不適合塞入帽帶，因為質地輕薄，外觀的名聲又不佳，更讓人只想將其無謂地捏成一球，頂多在有創作情緒時折成一台迷你手風琴，直到公共汽車查票員要求驗票的那一刻，球和手風琴才會消失。」）交通運輸是他最擅長的主題，甚至據此建立名聲，尤其在艾克斯可公司內，他對於鐵路系統的知識更是「惡名昭彰」。（在花園派對中，他對曼茲小姐說的話可有名了。「所以你住在史崔漢？但那可是鐵路主線分支前往波茲茅斯的地點。」）曼茲小姐會將老哈利在《泰晤士報》上寫的每篇文章剪下來，特地把作者名稱標記出來，搭配讀者來信黏貼在一張薄薄的白紙上以供部門內傳閱，等傳閱完畢後回到曼茲小姐手上，紙上滿是眾人使用各種墨水或鉛筆的首字簽名。這些累積多年的文章極為輕浮，卻使老哈利成為一名令人敬畏的角色。每發表一篇文章，他原本的形象就愈淡，曾偶爾自稱「通勤大眾其中一員」的形象也逐漸消散，最後只留下一種華麗且崇高的印象，尤其在被披露有左翼傾向後達到高峰。

因此，當史東先生準備到老闆辦公室接受老哈利面試時，伊凡斯和部門其他人不知道原因，都帶著肅穆氣息目送他。他穿著自己最好的辛普森西裝；瑪格麗特基於對哈利爵士的讚賞（而非丈夫的發展）特地為他選了領帶。有那麼一刻，史東先生覺得好像要去參加婚禮。此時其中一名檔案部的打字員淚眼汪汪地出現，氣氛就更像了，她是名骨架很大的邋遢女子，成天抱怨倫敦地方議會不願把她放進出租屋的房源名單內（其實她和丈夫還養了台車呢）。她這個早上過得很糟，剛被伊凡斯訓了一頓，現在幾乎是憤怒地對史東先生說，「就是你這種人害我們都不好過。」

他沒放在心上，但走在走廊中央，而不是像之前為了避免被人注意沿著側邊走，手上也沒拿任何文件。在工作日的早晨，他就這樣走出辦公室。

*

那天下午，他才回到檔案部坐下，基南就立刻躡手躡腳跑來。

「欸，老哈利到底想跟你說什麼？」基南的膝蓋仍在抽動，插在口袋的雙手似乎正在翻玩私密部位，他悄聲提問，語調裡彷彿有關心，但仍掩不住雙眼、嘴唇與鬍鬚間閃現的喜悅。

「哈利爵士與我，」史東先生開口，「討論了我提出的一個計畫，為了創立新部門。」

史東先生再次體驗那種坐著椅子飛上天空的絕妙滋味。基南驚訝又不可置信，反應如同漫畫人物般誇張。有那麼幾秒，他維持先前的駝背姿勢，臉上也還有微笑，但接著就直起身子，手腳不再抖動，微笑先是變得空洞後完全消失，彷彿兩人之間出現永遠無法跨越的距離。基南的愉悅心情消失無蹤，臉上的風趣線條變得凌亂，顯然憂慮且正努力壓抑心中歇斯底里的情緒。他的長褲布料輕薄，版型糟糕，眼鏡壞了一邊，站在穿了辛普森西裝的史東先生身旁，看起來既下賤又惡毒。他很快又恢復快活的模樣，但無法抵銷剛剛那個片刻。

又一段關係被調整、改變了。史東先生繼續飛翔。此後整個下午、整星期，他走在公司走廊的模樣就彷彿坐在椅子上飛翔。

他在月底時被調到福利部，新辦公室位於新大樓，內裡放滿從希爾（Heal's）買來的家具，也不再需要曼茲小姐的衣著來提醒他時間流動。他的薪資被提高到一年一千五百英鎊。公司的內部刊物提到他調職的事（不包括薪水），另外還配了張照片，發行當天，他狀似無意地把刊物遞給瑪格麗特，「裡面有稍微提到我的事。」

圍繞在他身邊的世界甦醒，成為沐浴在陽光下的鮮綠大地。那棵在他家後方校地上的樹發出許多新芽，接著抽長延伸成一整片綠意，不過這次，樹的生長不只是時間的量尺。他終於得以和樹同步發展，每天都有令人振奮的新鮮事可做。調到福利部之後，他總是得和溫珀開很長的會，他是被指派來新部門的年輕專業經理人。這個想法呢，溫珀說，很好，真的很好。他對此感到「興奮」，但得想辦法「舔出適當的形狀。」他在講最後幾個字時幾乎帶著肉體愉悅，厚厚的舌頭掃過上脣，拿著香菸的手以自己的方式敲打著銀色菸盒。溫珀把自己視為原物料處理機，根據他說話的方式，你知道他最大的樂趣在於篩選、清潔並移除雜質。他說自己沒創造過什麼，「但，」他又補充，「我能在一無所有中進行創造。」

他以將事物精緻化的能力為傲，但外表卻異常粗俗，史東先生對他的第一印象並不好。他的方下巴鬆弛，稍嫌肥腫，嘴脣邊緣像是鑲了一圈瘀青，彷彿結痂（用他引以為傲的方式敲香菸後，他在這脣間滾動香菸，有時候香菸末端拿出來全是濕的）；他的棕色眼睛柔和但不大可靠，其中的猶疑不定彷彿正受到什麼苦難。他的體型中等，身高一般，做給這種男人穿的成衣西裝至少有成千上萬種，但在他身上卻似乎沒一套合身。他的衣服跟下巴一樣鬆垮，表示底下的肉體鬆軟、從未示人，始終沒有堅硬成肌肉。他的夾克也總是不大對勁，讓他看來肩膀有點內縮，有時甚至像是駝背。至於那件時髦的西服背心——溫珀對衣著很有興趣——他穿起來只是嚇人又可笑。

聽到自己的想法還得「舔出適當的形狀」，史東先生一點也不開心。他的不滿從第一次在福利部開會時就已發端，當時溫珀突然毫無來由地說，「希望你不介意我這麼說，史東，但我覺得你敲香菸的方式有夠惱人。」

史東先生手上還拿著香菸，就這樣停住動作。

「繼續呀，」溫珀說，「來看看你敲香菸的方式。」

史東先生把香菸夾在食指與大拇指間，往下敲。

溫珀說，這樣做是錯誤的。正確方式是讓香菸從半英寸高的地方垂落，這樣香菸才能剛好彈回你的食指與大拇指間。

接下來兩、三分鐘，他們就這麼敲著香菸。溫珀是老師，史東先生是學徒。

雖然不大喜歡溫珀，但史東先生很快又被他的機敏、勤勉與最重要的熱情所折服，能夠與這種人工作，史東先生彷彿覺得自己也得到認可，但沒多久，他就發現讓溫珀「興奮」的事情和他想的不同。

「這樣如何？」溫珀問，「讓我們的退休人員去拜訪退休的客戶。從公司這裡帶些小禮物過去之類的，對艾克斯可不會有什麼損失。而且你想想，名聲會傳開。『我們之間有的不只商業關係，還是朋友關係。』」他講的彷彿這已是定案的宣傳語。「這麼做比寄什麼耶誕卡有用多了。沒有人喜歡專業經理人。這種事大家都知道，但誰會對這些老傢伙起疑心？你想想，這些人退休之後還在為艾克斯可公司賣命，艾克斯可將有一整隊老傢伙軍團在國家的每個角落行進！」

史東先生任由自己沉醉於這個想像。在他腦中，所有退休人員都長了夢幻的白色長鬍鬚，手上拿著粗壯的球頂手杖，還穿著雀爾西醫院的袍子。他看見他們在鄉間小徑努力跋涉，搖搖晃晃地走過花朵盛放的花園，然後敲了敲茅頂小屋的門。

「好幾千位不支薪的專業經理人，」溫珀說，「到哪裡都受歡迎。每個村莊都有一個。」

「太不切實際了。」

他們的手法總是不同，溫珀在意的是艾克斯可公司的利益，史東先生則得努力才能掩飾自己的想法，畢竟這個計畫完全不是為了散播公司美名。他只是想保護老人。

溫珀有種態度特別惱人，他似乎完全沒意識到這計畫發端於某種憂慮與恐懼，也不明白史東先生每天晚上在書房構思內容時，支持他的又是哪一種熱情。溫珀始終不懂，史東先生也不願明說。就在他們漫無止盡地討論如何修改計畫或找出替代方案的過程中，史東先生發現，即便程度輕微，但自己開始認同溫珀將這項嘗試定位為公關活動的立場。

「我很興奮，」溫珀每天討論時都這麼說，「我覺得可以成就一件大事。」

他腦中充滿各式想法。能將天馬行空的想法執行出來令他愉快，即便是最瘋狂的想像，他也會鉅細靡遺地陳述，不漏掉任何具體細節。如果沒想法，又或者原本的想法用不上，他就會回頭讀那份備忘錄的複本，並要求史東先生將計畫大綱重新簡述一次。

「我們寫信給退休人員，」史東先生說，「邀請願意參加的人成為『訪員』或『夥伴』，藉此，我們找出那些還有行動能力的人。這些訪員、夥伴還是任何稱謂都行，總之我們把他們要拜訪的對象資訊寄給他們，就是那些沒有行動能力的人。年紀、部門、退休日期、服務時間之類的。」

「我們會需要人力處理這部分，」溫珀說。

「除非訪員回報表示有特殊處理需求。我們就進行調查。但如果是一般拜訪，只需要給訪員車馬費並讓他們報銷小禮物的費用——花或巧克力。這樣我們就能把退休人員組織起來，使他們成為自給自足的自助個體，我們只需提供行政協助。」

每次討論的最後都會回到史東先生最初的論點，溫珀所謂「舔出適當的形狀」彷彿只是從這裡出發後迷路閒晃，最後終究得回來。

溫珀的隨興反而點燃史東先生內心的熱誠。他不想太直接暴露計畫動機，因此話語顯得有點曖昧，但仍逐步揭露自己真正的感受，令他驚訝的是，溫珀並不覺得可笑，也沒有因此感到困惑。

「很有趣，」他熱切地說，眼睛也瞇起來。「你說服我了。這就是我想要的。」

史東先生愈講愈多。他已經處理老年人可能出現的部分問題，現在談到要拯救那些無行動能力之人；他想保護他們不受世間殘酷侵蝕。他要為男人在公司中留下效力的位置，並將他們從家庭關係的牢籠中釋放出來。他使他們繼續對公司效忠。而且這一切幾乎不用多少成本：他的計畫一年不用花超過艾克斯可兩萬英鎊。

「一個社群，」溫珀說，「用來保護無能男子。」

溫珀講話時充滿這類性暗示，史東先生早已學習忽略這件事，但聽到這句話時，他還是藏不住尷尬、作噁的表情。

溫珀倒是很開心。「這就是我要的，」他說，「你引起我的興趣了，繼續說呀。」

隨著他們逐步「舔出適當的形狀」，溫珀逐漸把史東先生推向為計畫辯護、解釋的角色，直到最後，史東先生的熱情差不多消耗殆盡，開始被迫說出一些幾乎言不由衷的簡化論點，但溫珀還是感到滿意。

大約是接近某周的尾聲，史東先生聽見自己說，「這算是一種，你懂的，幫助可憐老人的方法。」

這說法荒謬又廉價，與他真正的感受相距甚遠，但溫珀只是實事求是地認真回應，「這國家對待老人的方式實在可恥。」

他們一直在這種層次的共識中進行對話，彷彿決定不再完全敞開心胸，也技巧性地迴避指出對方的不真誠。

他們開始討論計畫的名稱。

「應該要非常激勵人心，」溫珀說，「要讓那些老男孩願意起身上路，四處拜訪。」

史東先生從來沒想過名字的事，而此時此刻，他和溫珀一同坐在桌邊，溫珀敲完香菸後又叼在脣間滾動。他一點也不想思考名字的事，就怕名字讓這個計畫變得更廉價。

「午餐券計畫聽起來就很盛大，」溫珀說，「你知道為什麼嗎？因為名字。午餐券計畫，光從這幾個字就能聽到午餐、餐券等詞，發音上又有類似咀嚼、餐院、精華等諧音。讀起來甚至節奏俐落地像打嗝。為什麼會有這種效果？因為名字本身就像一道豐盛餐點。這就是我們的目標，我們的名字必須要有解釋、激勵，又令人印象深刻的功效。」

「叫『老兵』呢？」史東先生問。

溫珀貌似容忍地搖搖頭。「完全偏離目標。這名字必須帶有年輕氣息。此外，除了同舟共濟的情誼，還必須體現保護男性的精神。」

史東先生現在看出溫珀是如何重新詮釋自己的想法。

「類似『騎士』的概念，」溫珀說。

「那跟保護男性實在沒什麼關係。」

溫珀沒理他。「什麼騎士呢？大路騎士？騎士漫遊團？他們到時候差不多是這樣吧？到處漫遊？」

史東先生覺得這提議很蠢。他想把希爾牌桌面上的備忘錄和紙張全掃到地上，對著溫珀罵幾句髒話，然後回去那間能賦予他平靜的書房。

一片沉默中，史東先生內心怒濤洶湧，溫珀則繼續思考。接著溫珀興奮起來。他有時想到好點子就會這樣。

「敲門者，」他說，「來自公司的敲門者。最令人崇敬的一批公司敲門者。」

史東先生點燃香菸，用自己的方式用力敲了敲。這提議確實不壞。他在想像中扒光那些退休人員的紅色制服，換上精巧的棕底黃條紋上衣和及膝短褲、黑長襪，手上拿的手杖刻了帶有某種意義的古圖騰。

「騎士訪客，」溫珀說。

「感覺像暗夜使者。」

「我不是小孩子了。」

「但你表現得像個小孩子。」

溫珀猶疑不定的眼神突然大放光彩。「好夥伴們。」

「騎士夥伴們，」史東先生厭煩地接著說。

「騎士夥伴，」溫珀說。

史東先生沒搭話。

「無懈可擊，」溫珀說，「騎士這個詞有年輕感，夥伴體現了公司的集體情誼，還能讓人聯想到皇家維多利亞勳章（KCVO）之類的。某某騎士夥伴，完全體現老年與尊嚴。所以這名字的意義含括青年、老年、尊嚴，和美好的同志情誼。連公司的概念也包含進去。騎士夥伴。老天！這名字真是充滿各種可能。你的騎士夥伴可以形成騎士社交圈，類似圓桌武士，每年還能舉辦晚宴或比賽。你知道嗎，史東，我想我們已經『舔出適當的形狀』了。」

＊

此時瑪格麗特開始扮演新角色，對她而言就像之前所有角色一般毫不費力。她不再只是在家等待丈夫回家的妻子，而是能夠鼓勵、啟發丈夫工作的妻子。在此之前，史東先生的工作內容很少被提起，畢竟「檔案部主任」的稱號虛假，總讓他們回想起初次見面，兩人展現的樣貌多少有些偽裝。現在他們卻能聊個不停，退休話題消失無蹤。她的裝扮微妙地改變了：每天晚上迎接史東先生回家的裝扮就算同時接待訪客也堪稱體面。（剛對她產生情意時，她身上的石榴石首飾和緞面連衣裙是足以吸引他注意的個人特色，現在卻只是她有限衣著中被妥善保養的熟悉衣物之一。）她仍然依照他的習慣修改自己的舉止，但也找回一些自己之前的模樣。她比史東先生更早意識到自己多了不同的責任，每當談起時，語調彷彿那是個終究得好好面對的麻煩。她把「宴客」講得像是一項繁重又可怕的責任。她愈來愈常提到史東先生和他的騎士夥伴，一講就停不下來，也會自吹自擂史東先生上了公司刊物的事，態度隨之益發嚴肅堅決。

因此，如同所有年輕夫妻（瑪格麗特一邊說一邊笑，想藉此掩飾其中的荒謬與尷尬），他們認定家裡必須有所改變。他們需要新地毯、新畫和新壁紙，而瑪格麗特對每一樣都有想法。史東先生心不在焉地聽，很少開口，只是享受著瑪格麗特跟他一起在房內講話時的女性姿態，並很高興此刻有虎皮作為背景。他出現更多隨興手勢，常常純粹為了好玩誇張地揮舞。讀晚報不再是作為療癒的習慣，就算沒讀也不再使夜晚有所缺憾。對他而言，現在讀報充滿參與的趣味，他想知道這個美好世界發生的一切，也更容易被各種消息逗樂或觸動。他常把文章讀給瑪格麗特聽，藉由共同的歡笑與感動，他們的緊繃情緒也獲得釋放。所有感官都被放大了。他們甚至故意挑起小爭端，但在此之前，他們從未容許那些沉默時刻發展成衝突。

史東先生對於室內裝修沒什麼意見，只是順著她的主導態度調皮地說：這些是女人的事；她也一樣，儘管早已聽說詳情，但還是假裝對騎士夥伴計畫所知甚少，偶爾還故意宣稱，她對於這些無聊話題實在有點煩了。

於是房子再次逐漸有了改變。慢慢地，他們發現如要確實完成修復工作，所有區域都得重建。屋頂有一部分凹陷，閣樓地板也很危險，窗框也已變形。史東先生告訴瑪格麗特，之前飛機每周六晚上都會飛來南倫敦此區，因此是戰爭造成他們的損失，人民卻無從求償，這些話成功點燃瑪格麗特對於政府的怒火。他們決定先處理那些會被貴客注意到的部分：門廳、客廳、飯廳、浴室，以及客人可能爬到的最高部分的台階；至於一樓的廚房和二樓的臥室，他們則打算先不動。

他們認為米靈頓小姐有能力承擔這項裝潢工作。首先她重上油漆，於是家中到處都是她凌亂、笨拙又歪斜的刷痕。她宣稱自己準備好貼壁紙，但同時暗示艾迪與查利現在有空幫忙，畢竟他們剛處理完魚鋪。就在那天下午，一張非常整潔的白色卡片被投進信箱，上頭寫「E．畢齊及C．布萊恩，建商兼室內裝潢」，兩人當晚就前來簽約完成。他們年紀大了，但很有活力。布萊恩有張圓臉，戴眼鏡，臉上常有微笑。臉色慘白的畢齊則是發言人，他說兩人目前是自由接案者，迫切想建立好名聲。他們收取的費用不便宜，但畢齊表示，之前他們任職的公司收得更高。他們非常投入，慢慢地，隨著時間一周、兩周過去，他們逐區把房內的修建與裝潢工作完成。在此過程，畢齊和布萊恩也會跑去處理其他地方的工作，米靈頓小姐於是又躍躍欲試地著手投入。就這樣，房內的公共區域，或者說即將開放給客人的區域，終於完工了。

瑪格麗特希望夏天的宴會能延伸到戶外草皮。草皮不大，不過後方的景觀還合用，畢竟緊鄰的校地空曠，但附近鄰里的狀態卻搭不上。黑貓飼主實在不善修繕，籬笆狀態很糟，早已搖晃鬆脫；他的花園雜草叢生，其中有些蜀葵，幾棵缺乏修剪的玫瑰樹從草叢中冒出來。另一邊的鄰居不追求叢林風格，改走沙漠路線，他們家裡還有房客，所以後院總是掛滿晾衣線，籬笆也早已變樣，而史東先生每天剃鬍子時看的那棵樹的根部，逐漸推離原本位置。

因此，這些裝修工程並未改變房屋的特性。瑪格麗特的家具曾為家中帶來一股陌生的霉味，但現在已逐漸為他們所熟悉，只是在改變中多了層光彩。重新裝修的區域也沒失去原本帶有塵土、抹布，及拋光劑的氣味。每天晚上，當他們上樓走進臥房，看到棕色絲絨窗簾、被塗成綠色的流蘇檯燈、老舊變樣的地毯和油布地板，簡直就像走入往日時光。

米靈頓小姐的狀態也變了。她從前效率不彰又體力衰敗，是個逐漸成為負擔的僕役，但現在卻顯得珍貴——她為這棟建築增添了奢華感。這年頭還有誰家會請穿制服的女僕來應門？之前他們只靠各種吼叫方式找她，現在為了召喚她，他們在門廳桌上的銅製花瓶旁，放了一只擱在銅盤上的銅搖鈴；此外，為了讓她也能召喚兩人，牆上也出現一個巨大的黃銅鑼，這名體力早已走下坡的老傢伙得用盡全力、緊抿嘴脣、閉上雙眼，以緩慢的弧線用力揮擊，才能創造出足以刺穿她意識的聲響，也才能提醒她該停手了。因此，現在的她在這棟已經改變的房內，以苦工及裝飾品的身分裡裡外外地進出，只有到了星期四，她才又是一名退休人員，在專供退休人士的戲院內睡一整個下午。

＊

「我們只需提供行政協助，」史東先生之前這麼告訴溫珀，而為了溫珀口中的「先導計畫」，兩人正埋首於行政細節。溫珀喜歡凡事都想個重要的名字，於是也建議將福利部的騎士夥伴計畫稱為一個「小隊」，為了執行「任務」的「小隊」，所以需要蒐集「情資」。類似的軍事用語愈來愈多，再加上溫珀常會直呼他的名字，接著揮向牆上大幅地圖，直指他們要選來執行前導計畫的區域，讓史東先生偶爾不禁陷入幻想：他們都穿著將軍制服，像許多電影演的一樣坐在鑲滿高牆板的房內，只要一聲令下，退休人員就會被他們調派到全國各地。

他欣賞溫珀的用語，也欣賞溫珀透過舉止、鼓脹的公事包，以及談論文書工作時那副無趣但又無法置之不理的模樣，來讓這個任務感覺無比急迫。他欣賞「行政」和「職員」之類的詞彙使用。但隨著部門招來職員，所有討論的文字與概念落實為三名打字員、四名男性職員，和一位來自約克郡的資淺會計。這群打字員的氣質平凡，幾乎不識字，缺乏電影或卡通裡打字員該有的魅力（根據經驗，他知道常情如此，但這次還是有所期待）；男性職員年歲頗高，不但降低計畫執行的效率，也嘲諷兩人原本的期望，儘管他們看似勤勉工作，但成效異常有限；那名年輕會計的衣著則是高雅到荒謬的地步，姿態矯揉做作。

他們必須書寫、回覆並整理許多信件，還得指派騎士夥伴、準備無行動能力者的簡介，並購置處理這些檔案的設備。儘管所有人都忙著敲打鍵盤、翻閱文件、抱著成堆紙張在走廊間穿梭，但還是有許多工作得由史東先生親自完成。在此同時，一系列宣傳活動正持續進行，並由溫珀負責，史東先生對此非常感激。溫珀在這方面很有才華，就算許多點子一開始看來誇張又廉價，但效果都不錯。

舉例來說，溫珀想出一個點子：每名騎士夥伴都該獲得一份任命卷軸，用的是邊緣粗糙的手工紙，上頭寫的字體古雅但不古怪，還得帶有權威感；文字內容也由溫珀擬定。每名騎士夥伴都得專程拜訪哈利爵士，得到他的允許後，才能撕開卷軸上的艾克斯可封印。令史東先生驚訝的是，哈利爵士並不覺得這安排惱人或可笑，反而興味盎然地表示稱許。此外，溫珀也希望騎士夥伴在翻領別上銀色別針，圖樣是騎士坐在馬上全力衝刺，身上全副武裝並戴活動面罩，手上則拿著斜傾的長劍——就這樣，沒有其他文字或字母。他後來又建議，所有退休人員都該戴上小小的金屬玫瑰，並以不同的顏色代表在公司服務的時間長度，作為其他退休人員或騎士夥伴辨識之用，但這點子最後沒被採用。就像這樣，溫珀的腦子總是靈光閃現，進度常跑在整個小隊之前，偶爾也害大家浪費無謂的時間（舉例來說，他花好幾天思考衝刺騎士的別針圖樣設計，但他根本不是設計師），卻總能激發所有人的熱情。

對於史東先生而言，他先是在書房的紙上創造出這個計畫，據此組織一批真實的人，並投入其中的行政工作，過程無時無刻都令他興奮。他那個已經磨損但仍閃亮的公事包現在塞滿真正重要的文件。此外，他也發現自己開始瀏覽商店櫥窗內的公事包，儘管在此之前，當日子不過是得被使用、編號後囤積的單位時，這個有名無實的包曾令他無比快樂。他現在幾乎只談跟騎士夥伴有關的話題，瑪格麗特因此跟所有人一樣清楚他所碰上的職員問題，而葛蕾斯．湯林森聽說後，分享湯林森多年來默默容忍的各種職員惹出麻煩的小故事，而且葛蕾斯的模樣似乎暗示：瑪格麗特和理查，你們終於理解我們之前的處境了。而瑪格麗特也對他們的過往報以遲來的同情。

*

前導計畫遇上一些麻煩。

一名艾克斯可的前主管被任命為騎士夥伴。他想起往日時光，血氣上湧，便在威爾斯漫遊，總共拜訪八名居住地四散的退休人員，全是他的舊識，然後送來高達兩百四十九英鎊十七先令五又二分之一便士的帳單，他把帳做得很仔細，除了附上奢華旅館的住宿收據，另外還有餐廳與加油站帳單，以及他買的所有禮物收據。他甚至為其中一位退休人員買了台收音機，對於自己無法搬一台電視給另一名退休人員，他感到非常悔恨，還寫信強烈建議小隊替他完成這項任務。

總共有二十名騎士夥伴在路上，部門於是緊急發信通知另外十九位夥伴，希望避免類似情況。至於那名前部門主管的帳單被往上層層提交後，被所有主管驚恐地拒絕審核，最後只好送交哈利爵士。哈利爵士決定全額給付，但隨支票附上一封信，溫珀與史東先生在信中針對這項計畫費盡心思地解釋所有確切細節，並進一步表示，騎士夥伴計畫不該用來滿足自我利益；他們有提供他應該造訪的對象名單，並確認這些人住在離他不遠處，此外，他只能送象徵性的禮物。這名前任部門主管展現的熱情值得欽佩，但他明明只該花四英鎊在八名造訪者身上，卻送來高達近六十倍的帳單，因此，他們必須讓他明白，這使他們的會計部門非常為難，甚至威脅到整項計畫的存續。

回信很快來了，是一個大信封，裡面裝了部門主管的任命卷軸。另外附上一封充滿困惑的長信，字裡行間同時流露憤怒、受傷與歉意，但還是感謝艾克斯可及這支小隊寄給他的支票。他覺得有義務退還卷軸。畢竟過去他曾相信，無論做什麼，艾克斯可只會做到最好，他也是以此鼓勵下屬。至於銀色別針，他會暫時留著，並等候他們的進一步指示。

他們強烈希望他留下別針。但直到年底，他們都沒再聽到他的消息。

另一件事沒那麼慘，但或許更尷尬。因為行政上的疏失，一名曾任收發員的騎士夥伴沒有事前得到完善資訊。他收到的簡介有闕漏，完全不知道即將造訪陪伴的對象是艾克斯可的退休總監，一度功勛顯赫。他發現時非常驚訝，努力想保持冷靜，但原本的騎士精神轉為自我質疑，最後只剩焦慮。前任總監現身時，這名前任收發員深深鞠躬，遞上帶來的消費合作社茶葉後隨即撤退。

溫珀曾在筆記中強調，這計畫一定要有不同層級的人，包括收發員和部門主管。不過現在他們認為該為拜訪者與被拜訪者做出適當的搭配。此外，他們也捨棄買禮物的固定額度，改為針對受訪者身分的浮動算式。就在此時，騎士計畫似乎暫時陷入谷底，在這般幻滅的情緒中，來自約克郡的會計建議將禮物帳單直接送到小隊。這會增加他們的工作量，但會計師整理數據表示，這種預先防範措施可以在每次造訪行程中省下兩、三先令，甚至能據此說服一些商店與艾克斯可合作，給予折扣。那麼這支小隊即便不賺錢，至少也不會虧本。

「我們需要的，」他說，「是更多職員。」

溫珀與史東先生興致勃勃地要求更多職員，哈利爵士也興致勃勃地同意了。他們招進更多人之後，每天中午十二點三十分到一點，以及下午五點到五點三十分之間，許多女性紛紛湧進廁所，場面極度惱人：高跟鞋的答答答，安靜，沖水，答答答。彷彿一座平靜海洋間歇拍打著陡峭岩岸，最後掀起滔天巨浪。

之後又發生兩次違規事件，前者似乎無法解決。許多受訪者紛紛痛苦地來信抱怨，指出一名騎士夥伴藉此權力，跑到受訪者家裡宣揚耶和華見證人的信條。幾個禮拜以來，小隊支付他購買的禮物其實是《顧神為真》及一年份的《覺醒》雜誌。於是他們又緊急寄出十八封警告信，明確表示不歡迎此種行為，至於見證人，他們則寫信通知他已被除名。見證人的回信語調冷靜，表示自己的作為完全正當，真理必得傳播，無論手段，但權勢者向來懼怕真理，所以他對於這個決定並不驚訝，但仍會堅持這條「傳道授業之路」。他確實兌現了這項威脅，此後該區的退休人員不停表示困擾，牆上地圖的相應位置因此插滿紅色大頭針——他們用顏色分類：藍色代表滿意、紅色代表不滿意，黃色則代表小隊應該親自前往調查。

此後他們決定謹慎評估所有騎士夥伴的宗教信仰程度，工作量因此增加，因為人資部門並沒有相關資訊。對此，溫珀再次以同樣的語氣說，「這國家對待老人的方式實在可恥，」又說，「住在異教徒國家就是這點可怕。」（這是史東先生發現溫珀可能是羅馬天主教徒，於是首次覺得他可親。）「一個人為公司工作四、五十年，但沒人在乎他究竟是穆斯林或佛教徒。」

另一項違規事件則是他們偶然發現的。某位騎士夥伴宣稱自己造訪了該區十位退休人員，他們於是核發給他五英鎊。但在支票寄出當天，年金部門卻來訊表示，其中一位退休人士已在預定受訪當天的前兩周更換住址。他們調查發現這名人士從未受訪，於是又寄出一封措辭嚴厲的信件，並再次收回一組任命卷軸與別針，此後溫珀規定，送交給騎士夥伴的名單中一定要有一名過世員工。

*

這些故事都成了晚宴的話題。參與晚宴的客人通常包括福利部、人資部和年金部的資深長官；米靈頓小姐供應的炸魚薯片味道平凡，但女主人仍盡力表現出讚譽有加的模樣。他們本以為人生該發生的故事已經結束了，但現在每周都有新故事可講，簡直樂不可支。曾有一度，史東先生和湯林森總得坐著聽別人重講貓與起司的故事，但現在已經全然被遺忘，就連貓也幾乎消失，不再來偷挖花園。只要夜晚與周末有空，史東先生仍會勤懇地在花園工作，針對這項嗜好，瑪格麗特和米靈頓小姐雖總是敷衍地滿口稱許，但其中仍有崇敬之情。

溫珀有時也會來參加晚宴。兩人初次看到他穿著正式服裝出現時都嚇壞了。不過一如往常，他身上的夾克鬆垮地掛在有點駝的肩膀上。史東先生本來擔心他會在初次見面時表現唐突或魯莽，但他對瑪格麗特非常有禮。然而那禮數卻又帶有一絲嚴厲。他的雙眼瞇起，嘴脣緊閉，下巴難以置信地緊繃。他不停抽菸，先用自己的手勢敲菸，再叼在脣間滾來滾去。他幾乎不說話，完全不回應瑪格麗特的開朗招呼，害得她緊張起來。她覺得讓溫珀失望了，史東先生也這想。但他總是再次出現，而且每次都是欣然接受邀請，再著正式服裝出席。瑪格麗特始終開朗地接待他，慢慢地，溫珀的態度軟化，開始出現平常在辦公室內的舉止。他會張腿攤坐在椅子上，微微駝著背，眼神不再嚴厲或游移不定，偶爾還傻笑出聲。如果在辦公室，史東先生會嫌這笑聲惱人，但在家裡聽見時還挺開心的。

「告訴我，溫珀先生，」某天晚上，瑪格麗特全力模仿女演員的姿態開口問，「你怎麼看待處女生子？」

「所謂處女生子，我覺得該稱為『復仇生子』，」溫珀說，「不過就是有人為了報復丈夫搞出來的說法嘛。」

瑪格麗特比史東先生早聽懂這句話的意思。她立刻驚喜地忘了女演員姿態，雙腿開開地靠向溫珀，張大的嘴巴發出一陣狂笑。

三人的友誼日益堅定。他常固定來訪，並獨自和夫妻倆共進晚餐，史東先生不禁懷疑，雖然他一副聰明、忙碌的樣子，但似乎沒有其他朋友。他秉持一貫作風，絕不為了文明禮數放棄坦承內心真實想法，總是直接評論瑪格麗特的衣著及送上桌的食物。史東先生對此感到困擾，瑪格麗特卻很開心，總說「溫珀就是這樣。」溫珀很高興得到認可，也努力想回報這份情誼。瑪格麗特開始直呼他比爾，比爾也直呼她瑪格麗特，但仍以姓氏稱呼史東先生，只不過在他家時，這聲「史東」帶有一絲半正式的親密感，在公司時卻仍語調嚴肅。

奧莉芙和關恩偶爾也會出席晚宴。關恩還是陰晴不定的樣子，但瘦了一些——可以從脖子有點鬆垂的皮膚看出來——身體總算能勉強看出曲線。她把胸衣穿得很緊，好把胸部推高，讓它們居高臨下地睥睨一切，但形狀確實好看。如果她坐著，實在也不能說缺乏魅力，可一旦站起來，形象就整個崩壞了，因為她的屁股很寬，雖然不至於到比例失衡的地步，但關恩畢竟是個傻孩子，為了突出胸部而穿束腰連身裙和寬腰帶，結果只讓屁股顯得更寬大。

關恩始終讓他神經緊張，所以史東先生轉而在人群中尋找奧莉芙。他需要聽到她說出那些景仰的話語，但只得到不慍不火的反應。她確實稱讚房內的新裝潢及其他種種，也和瑪格麗特相談甚歡，但彷彿不再屬於這個家，因此無法全心領會其中的喜樂或辛酸。就算瑪格麗特離開房間時，她談話的姿態卻彷彿瑪格麗特仍然在場。史東先生很失望。他期待的是更甜美、順暢的情感交流呀。

*

校園那棵樹的葉子開始轉黃、飄落，「怪獸」與「男子」因此再次上場（不知為何，男子整個秋天都在地上埋首探查，史東先生觀察很久，但還是不確定原因）。前導計畫堪稱圓滿完成。支出雖然龐大，但成果令人驚豔。這支小隊確實被「舔出適當的形狀」了。他們簡化行政流程，與年金部及其他部門的聯繫也已制度化，進一步擴編絕非難事。他們無疑證明這個計畫確實有用。騎士夥伴不只發掘出許多抑鬱且需要幫助的對象，也找出許多受到忽略或處境悽慘的案例。這些案例總會喚起溫珀的熱情，他會在小隊以活頁形式裝訂的通訊刊物《聆聽!聆聽!》中書寫這些人，並附上騎士夥伴拍來的照片，以此鼓勵大家更積極投入計畫。這支小隊發揮的保護功能益發重要，完全超越溫珀及史東先生的預期。至於「騎士夥伴」這個名稱，一開始史東先生嫌溫珀發想時僅出於專業熱誠，缺乏敬意——即便溫珀每次提起時都態度真誠，某次會計師一邊說起這名字一邊微笑，還被溫珀狠狠訓了一頓——但現在，「騎士夥伴」的名字已被確立。這項任務成為立意崇高的運動。

這再次展現溫珀的才華，史東先生深感敬佩。但正因為溫珀如此熱情，發現計畫確實有效後又如此興奮，史東先生不禁懷疑他的投入是另有所圖。溫珀的心思很難看透，這點很像曾任皇家空軍的伊凡斯。他允許自己表現出嘲弄的態度，尤其發現某些人鑽漏洞的劣行之時，但要是其他人跟著這麼做，即便是史東先生，也難逃被他嘲弄的命運。所以有時候，當史東先生埋首於行政工作，而溫珀語調熱烈地高談闊論時，他覺得兩人的角色被倒過來了。

「這計畫很成功，」溫珀看著地圖上滿滿的藍色大頭針，其中只有一小片始終如一的紅，另外零星散落了一點黃。「但怎麼樣才算是真正的成功？我們收到很多讚許的來信，我們可以引用許多數據證明，騎士們也開心得像運沙男孩[1]，但這都不夠。史東。我們可以這裡救一些人、那裡救一些人，但過了幾個月，一切都只是例行公事。大家會無聊，就連騎士也不例外。我們需要來些盛大的、爆炸性的點子，好驅動整個計畫進行至少超過一年。」

這就是溫珀，一旦事情在軌道上順利運作，他立刻心生不滿地尋求新點子的刺激。這讓史東先生有點不安。計畫的成效令人滿意，他一點也不意外，只要看到整支小隊順利運作，並想到這些各有生活的真實男女之所以在此工作，全是為了完成他在書房光暈下以文字架構出的計畫，就更感到加倍的滿足。

然後，他們發現那名穆斯威爾丘的囚犯。

1 譯注：「開心得像運沙男孩」是英國諺語。曾經有一間英格蘭旅店，老闆會請「運沙男孩」把沙子運來撒在一樓地上，好吸收滴到地上的啤酒與麥酒。由於運沙男孩的酬勞是啤酒，所以通常都很開心。

某天接近傍晚，史東先生接到一名自稱杜克先生的男子來電。杜克先生聽起來很沮喪，說起話來顛三倒四。不過史東先生還是大致明白他的意思，總之，杜克先生最近被任命為騎士夥伴，那天剛在翻領戴上銀色騎士別針，打算開始他的任務，但首先拜訪的兩名退休人員都死了，而且是多年前就死了。

「我為他們買了胡桃蛋糕，」他反覆說著，彷彿是憂傷蛋糕只得放過期。

其中一名退休人員確實過世了。不過年金部表示另一名還活著，至少他們仍在持續寄送年金給對方。一根黃色大頭針如旗幟般在穆斯威爾丘升起，隔天早上，一名調查員出動探查，並在近午時心煩意亂地把整個故事帶回來給我們。

那個地址位於穆斯威爾丘一條環境不錯的紅磚街上，如果快速走過很容易錯過，畢竟紅磚屋都長得差不多，比起鄰近的鴻西區，此地更隨處都是雜草叢生的花園。你必須仔細注意才會發現這間年久失修的房子，窗框被雨霧洗去顏色，窗簾更褪成一種離奇的無色狀態，整棟建築物散發出一種久無人居的腐敗氣息。一旦走近大門，看到生鏽的門鈴與門環，這種氣息更為明顯。她不停敲門，房內終於有了動靜，但門才打開，一陣混雜了灰塵、貓咪和抹布的霉味立刻襲來，這氣味部分來自屋內，另一部分來自應門女子身上穿的毛皮大衣。這名女子年約五十，中等身高，粉色鏡框背後有對淡藍色的眼睛，眼神充滿疑問但無戒心。在她身後的陰暗門廳仍有動靜，她於是緊抓門框，一邊不讓身後的東西跑出來，一邊阻擋調查員入侵。屋內仍有動靜，不停傳來些微的摩擦與輕柔的敲擊聲，原來房內全是貓。根據女子所言，她父親死了，她之前就說過了，為什麼還要來再問一次？

調查員堅持進門查看。貓咪摩擦她的雙腳。面對女子的抗議，她態度強硬地反擊。門廳堆滿郵件：一整疊足球賽折價券、各政府部門的來信，以及騎士夥伴小隊寄出的所有相關文件。雖然呼吸困難，調查員仍繼續往屋內查看，然後在一個從屋外看不見的房間內找到那名退休人員。這裡的氣味比樓下更難聞，房內極其陰暗，躺在一堆破舊的毯子上的男子完全沒看見她。「他不喜歡貓，」穿著毛皮大衣的女子說。男子似乎失去說話能力，只能發出粗啞的微弱噪音。調查員拉開窗簾，這麼做並不難，但打開窗戶卻花了好大力氣。最後那名男子終於說話了，卻顯然完全不明白自己在說什麼。此時調查員終於無法承受地啜泣起來。

那名躺在破毯子上的男子到底說了什麼？

「把你送去馬利波恩板球俱樂部徵選球員。」

這故事把史東先生嚇壞了。自從加入福利部之後，他就把這類不安拋諸腦後，全心沉浸在創立這支小隊的喜悅中，擘劃者的身分更令他興奮。他忙著享受自己的好運氣。

他沒把這故事告訴瑪格麗特。那天晚上，亮麗的家不再令他興奮，儘管屋內處處簇新，象徵了快速改變的可能性，但有著綠色檯燈的臥房仍可能成為他的囚牢。屋內的潮濕霉味再次變得陌生，變得有威脅性。

清晨的到來使他喜悅，他終於可以再次逃向公司。

但溫珀將他從抑鬱中拯救出來，穆斯威爾丘的囚犯——這是報紙後來下的標題——對他產生了刺激；他也對這個故事感到驚駭，但怒氣很快轉換為行動的能量與欲望，他是這麼說的，「這國家竟然容許這種事發生，我們要讓他們感到羞恥。」

「這件事不該只刊在《聆聽！聆聽！》，」他說，「我認為應該訴諸媒體。」

史東先生希望能和溫珀的熱情劃清界線。公開有公開的好處，他明白，但同時他也害怕，正如他前晚對瑪格麗特隻字不提，就是因為這令人感到羞辱的經驗太貼近他們自身，公開可能只會讓原本就深陷此困境中的人更感脆弱。

但他什麼都沒說。他只說了溫珀希望他說的話，「我們得謹慎一點。我認為應該要請示上級的意見。」

溫珀表示同意，他並沒有因為之前一路順遂而失掉敬重之心，仍然渴望和諧，因此接受意見，為自己的熱情踩剎車。

他們再一次達成無言的默契。

他們找了高層，獲得高層同意後才將故事發布給媒體。騎士夥伴計畫因此受到輿論注意。他們發布的時間剛好得以刊載在《周日報》，許多日報、全國報，與地方報都相當感興趣，並在隨後進行相關追蹤報導。至於穆斯威爾丘地方報，創報以來最大的新聞是「十一歲男孩被德國牧羊犬咬傷」，這次當然挾著在當地就有攝影師與記者的優勢，做了極為詳實的報導。

各方讚譽如潮水般湧來，無論在艾克斯可公司內外，這項計畫都頗受好評。史東先生也開心起來。這支小隊的地位與未來都穩當了，這場神聖的運動會進行下去。不過面對外界稱許，他總是謙稱他們只是運氣好。溫珀處理的方式也差不多。面對湯林森和湯林森的朋友時，史東先生則津津樂道地談起，「將故事發布給媒體」之前，他們是如何與高層進行對話。用的是終於爭取到這種說話姿態的語調。

*

一段時間後，史東先生到北部出公差，並藉此機會去約克郡一所被稱為「醫院」的精神療養院，穆斯威爾丘的囚犯女兒就是被送來此處。囚犯本人則是重獲自由沒多久就死了。囚犯的女兒不再穿毛皮大衣，身邊也沒貓，但毫不留戀。她完全無害，還被允許打理其中一名醫師的房間。她每天早上從醫院花園為醫師摘來一束花，還會在飲食部買兩個甜點，一個留給自己，另一個留給她不願透露姓名的對象。為了找到這個人，她會花整個早上在醫院遊蕩，直到希望落空才把甜點送給醫院內的護士。

5

隨著計畫成功，史東先生對溫珀的態度也有了改變。他並沒有明說，兩人之間的關係也沒改變，但史東先生逐漸開始重新評估溫珀這個人。他會不自覺地研究溫珀的表情與舉止，彷彿一切都是全新的體驗，然後他開始疑惑，自己究竟是如何克服一開始對他的厭惡，不但進而與他親近，還能享受他那些下流的笑聲與玩笑（溫珀論放屁分類、溫珀論女性走路方式），甚至包括那些雙關語（用「同瘋同酬」取代「同工同酬」）、不知從哪兒抄來的名言警句（「據我所知，湯是最棒的食物替代品」），以及他暴力的社會法西斯政治觀點。他覺得被溫珀愚弄，才會屈服於他在專業上的魅力。在這種情緒下，他不再願意隱藏自己對於溫珀各種行為的真實看法，因為他發現，正因為他的愚蠢與軟弱，溫珀更有機會表現得聰明又心狠手辣。

他沒把這些心情告訴瑪格麗特。她不但和溫珀成為好友，還為了他把晚宴個性帶入生活，雖然不會大放厥詞，但也沒什麼犀利話嚇得倒她。她完全理解溫珀。這兩人聽得懂彼此笑話，也常跟別人提起對方「是個人物」。

史東先生也無法把內心的惱怒告訴瑪格麗特，偶爾他也會痛苦地意識到，溫珀根本是「踩著他踏上成功高地」。他內心浮現以上字句，甚至形成了幾乎如同宗教受難圖的景象：一名精力充沛、臉頰豐滿的年輕人踩在一位消瘦、衣著破爛、得拄著拐杖才有辦法行走的老人背上。看見「溫珀與史東」總被並列在一起，他實在無法掩藏自己的怨氣。每當公司刊物中出現這種組合，被引用的都是溫珀的話，於是幾個月來，簡直就像溫珀代表這支小隊。他的奉獻、熱誠與磨難沒為他帶來什麼，反而幫助溫珀塑造好形象。他這輩子就想出這麼一個好點子，因為這項創造，他的人生完全變了，或者說是毀了，結果最後得到好處的是溫珀，那個總到處宣稱自己什麼都沒做的年輕溫珀。

但在此同時，他也以家長的心情擔心著溫珀，那是一種超越現有關係的憂慮，幾乎是憐憫，因為溫珀的自我認知和實際情況落差太大，過度努力表現聰明的樣子實在可悲。他的衣服都很好，但搭配得很糟，平日敲香菸的姿態無比優雅，但被他青腫的嘴唇滾過後總是潮濕又難看。他想讓自己顯得威嚴，但努力總受到冷落，奇怪的是，明明心裡多少預料到這種結果，他卻始終沒學會如何應對。讓史東先生內疚的是，溫珀總強調自己和他及瑪格麗特的關係愈來愈親密，而儘管外在情況複雜，史東先生確實喜歡這份情誼，也對此感激，同時有些驚訝，畢竟他們在公司仍只維持工作上的關係。

溫珀總不停談論自己，但很少提到家人。他是倫敦人，父親仍住在巴聶特，但每次提起他時，都彷彿那是一名無關緊要的遠房親戚，至於母親更是絕口不提。他沒有成家，城市就是他的家。他鮮少提起自己的住處，那跟父母一樣屬於祕密的範疇，只曾提及房子在他名下。根據觀察，他的所有重要活動都不在那裡，瑪格麗特與史東先生於是認定，溫珀應該不會邀請任何人到他家。因此，某天晚上當溫珀說，「實在不能再忍受瑪格麗特煮的這種鬼東西了。你們應該來我家用餐，體驗一下我料理食物的技巧，」兩人都非常驚訝。

溫珀的房子在吉本，緊鄰高街，電話區碼屬於漢普斯特德那一區，是一棟沒有花園的普通排屋公寓。他自己住在一樓，地下室和其他樓層出租給房客。前來造訪的瑪格麗特和史東先生坐在前廳，走廊底端有通往地下室的樓梯，而樓梯旁的空間是廚房，溫珀就在那裡忙進忙出。前廳只有簡單隨興地裝潢過，地板上鋪著淡黃褐色的地毯。兩張扶手椅勉強可稱作現代風格，但原本的簡潔外貌已經顯得破敗。其中一面牆上貼了鬥牛海報，上半部滿是灰塵，膠帶也開始泛黃；其他牆面則一片空白。書架上塞滿平裝書，其中一格整齊擺滿《君子》、《時代》和《旁觀者》雜誌，另外還有一整格企鵝出版社的綠皮書。在瑪格麗特和史東先生的心裡，始終認定溫珀的家應該跟衣服一樣華麗，但眼前的景象完全相反，只透露出孤寂之情。等待期間，他們還聽見門廳與樓梯傳來聲響：溫珀的房客回來了。

溫珀端來一盤盤食物，無論餐具或菜色都比家具更具巧思。首先端出來的是一盤切片冷牛肉，上面灑滿切碎的萵苣、包心菜、紅蘿蔔、甜椒和大蒜，全部都是生食。接著他取出一個細長的瓶子。

「橄欖油，」他說。

瑪格麗特小心地往盤子內滴了幾滴油。

「不會爆炸的，」他把瓶子移開，「要像這樣，」他緩慢地以油在盤子上劃圈。「動手呀，趕快吃。」他也為史東先生的盤子加了橄欖油，然後又回到廚房工作。

瑪格麗特和史東先生沉默地坐在微光下，鋪了餐巾的腿上擱著盤子，他們就這樣盯著盤子。

「戰爭的時候，」溫珀又回來，「還記得嗎？那些波蘭人沒辦法跟我們一樣吃好的白麵包，只能吃**黑**麵包？那味道比羊毛好十倍，但還是羊毛。不要只吃一**小片**，瑪格麗特，一次來一大口。今晚你的炸魚薯片不會粉墨登場了，親愛的。來，配一點奶油，你也一樣，史東。」

他們大塊大塊剝了麵包來吃。

他又回到廚房。

「我們該怎麼辦，狗狗？」

他又帶了一支裝滿黃色液體的瓶子回來，瓶身上沒標籤。

「別等我呀，」他倒滿三個平底酒杯，「這國家的人以前很懂喝酒，但現在你們這些人以為波爾多就算好酒。你覺得如何，史東？這酒的風味來自松脂。」

他與兩人對坐，「嗯！」他假裝作噁地聞著盤內食物，「真是骯髒的外國人，怎麼吃得了那麼多大蒜與油？快給我番茄醬！」他大聲咀嚼著切碎的草配上橄欖油，牛飲松香希臘葡萄酒，一邊大口吃著黑麵包，過程中不停愉快與他們談話，主題大多是食物。他們兩人則小口進食，小口啜飲著酒。

飯後他們吃了配上布利與康門貝爾乳酪的餅乾。接著他拿出一只手把很長的發亮銅罐，為兩人倒了土耳其咖啡。

他們回家時餓得不得了，但內心又對這名荒謬的年輕男子生出無比親暱的情感。一、兩天後，他們聊起此事，都同意那場晚餐的風格「就跟溫珀本人一模一樣。」

從此之後，因為邀過史東先生來訪，溫珀似乎認為兩人之間不必再有任何保留。現在他們常常共進午餐，溫珀還將一項私房樂趣推薦給史東先生：大白天花公司的錢搭計程車暢遊倫敦。此外，他也開始與史東先生分享許多祕密。

首先，溫珀有名「情婦」。看得出來他選用此詞的態度極其隨興。她是一名廣播女演員，史東先生其實對她的名字沒什麼印象，但為了溫珀裝出非常熟悉的樣子。溫珀口中的她是個有名的大人物，兩人之間有各種因為她性慾旺盛而發生的小故事。食物對她好像有催情作用，根據溫珀描述，有一次兩人在餐廳用餐，她卻突然連主菜都不想吃，直接拿起提袋對他說，「買單吧，我們回家去——」

「她就這樣把我身上的衣服扯掉了，」溫珀說。

史東先生一開始任他講，但逐漸感到後悔，因為溫珀變得開口閉口都在談性。每次提起他和情婦之間的親暱細節，史東先生都覺得尷尬無比。有一次，他們在史東先生家用完晚餐，他提起關恩時竟然說，「我感覺那女孩全身上下都是性感汁液，捏一下就會流出來。」

史東先生實在受不了溫珀的「情婦」用詞及各種相關發言，甚至開始懷疑那名女演員是否真實存在，於是某天午餐時間，溫珀在一間酒吧安排大家見面。（「但不敢讓她吃午餐，」溫珀說。）令人失望的是，那名女子年紀已經年過三十，臉上的粉太厚，口紅塗得隨便，雙眼總一副快哭出來的模樣，整個人散發一種瘦長感：臉瘦長，胸部不值一提，臀部也不是寬，就是長，而且垂得厲害。無論就外型或聲音，總之沒有任何一點符合史東先生腦中的女演員形象。他無法想像這名女子扯掉任何人的衣服，但他很高興溫珀足以讓她興奮地想扯掉他的衣服，也很高興她足以讓溫珀興奮地允許這件事發生。

他對兩人生出了家長般的情懷：他們很幸運能找到彼此。

「她是個很有魅力的人，」他事後這麼說。

溫珀則說，「只要把頭鑽進她腿間，我就能待上好幾個小時。」

他說話的姿態幾近哀傷。從此以後，只要看到溫珀在脣間滾動香菸，史東先生總會想起這令人出乎意料、驚駭，卻又缺乏歡愉可言的句子。

見過面之後，史東先生好一陣子沒再聽說情婦的事。溫珀開始有意無意地提起自己的童年與從軍經驗，內容片斷又曖昧，彷彿當年受到的羞辱仍未遠離。「我和母親在聽廣播裡的女王加冕儀式，身旁還有母親的一些的朋友。我那時候年紀不小了。她對我說，『過來看呀，比爾，加冕的隊伍走到街上了。』我真的過去看了。我去了。她們全部鬨笑出聲。我真想殺掉她。」「他們說軍隊可以把你訓練成一個男人，但我差點被整垮。你知道英國老一輩的軍人吧？『駭人地』愚蠢又『嚇人地』勇敢。我完全缺乏這些特質。」

有些時候，他就是不停批評眼前所看到的一切。其實還挺有趣的。有一次，他們才剛轉入一條街道，溫珀就開口了，「看看那個白癡。」彷彿回應他的話一般，眼前出現一名穿了臃腫摩托車手服裝的男子，垮褲的臀部印了類似猴子的圖案。有一段時間，倫敦街上所有出現的黑人都讓他憤怒，他會花整個午餐時間在路上邊走邊算遇上幾名黑人，直到他和史東先生終於爆笑出聲。不過有時候，和溫珀進行的白日散步行程也令他尷尬，因為衣著體面的母女也會激怒溫珀。有一次，他們在牛津圓環的安全島上走在這樣一對母女身後，史東先生就聽見他嘴裡喃喃唸著，「滾一邊去，老婊子。」他常在人群間這樣低聲辱罵，但這次音量太大，年長女性轉身，極度鄙夷地緩慢打量溫珀，似乎把他給嚇到了。之後他便一路憂鬱地走回公司。

他似乎進入某種低潮期，開始處處黏著史東先生。某天兩人共進午餐時，溫珀突然熱情地說，「真希望我是你，史東。我希望我的人生已經結束了。我希望一切都已經發生過了。」

「你怎麼知道我的人生已經結束了？」

「光想到必須繼續人生就讓我痛苦。能夠回顧過往的感覺一定很好吧，你已經知道自己是誰，該經歷的也經歷了，確信什麼都沒有遺漏。你能感到平靜，幸福又平靜，還能日復一日地坐在鋪於綠色草皮的桌巾上喝茶。」

這些話刺傷了史東先生，他立刻擺脫為溫珀擔憂的情緒，回想起進行這項計畫前的自己，明明是不久前的事卻又遙不可及。溫珀說得完全正確，但也完全不對！他覺得溫珀的話富有詩意，其中如歌縈繞不去的文字帶有觸動人心的力量。

隨著日子過去，溫珀又出現令人憂心的自信。

「我要改頭換面，」他在某天的午餐時間宣布，「就從今天開始。我該怎麼傳達這項訊息呢？史東？」

「我還真想不出來。」

「帽子呀，史東，男人就需要一頂帽子。帽子可以造就一個男人。看看你就知道了，還有其他戴帽子的男人。我該去哪裡買一頂呢？」

「我在鄧恩衣飾店買的。牛津路底就有間分店。」

「很好，我們就去鄧恩買。」

他們急急地穿過吃午餐的人群，溫珀一路上都在喃喃自語，「帽子、帽子，一定得買頂帽子。」

但一走到鄧恩衣飾店的櫥窗外，溫珀就張嘴呆站在那裡，改變的決心消失無蹤，看來也放棄原本想追求的新形象。

「我不知道，」他輕柔地說，「帽子竟然這麼貴。」

他們就這樣背對櫥窗觀察眼前走過的人群，最後史東先生表示該走了。

溫珀這陣子看起來過得很不好，雙眼凹陷，臉頰蠟黃，某天早上走進辦公室，更是一副慘遭病痛摧殘的模樣。

「我整個晚上都待在她的花園，」他在用午餐時告訴史東先生。

自從在酒吧見面之後，這是溫珀首次提起他的情婦。

「我看見他們共進晚餐，」——因為想起食物對溫珀情婦的催情作用，史東先生做好了大笑的準備，但他完全沒有要講笑話的意思——「我一直觀察，直到他們拉上窗簾。我一直待到那男人離開。我就是走不了。真是地獄。」

「另外那個……傢伙是誰？」

溫珀說了一個正在走下坡的小牌電視名人，態度跟他提起「情婦」一詞同樣隨興。

史東先生努力表現出驚訝的模樣，但溫珀的傲氣完全被沮喪淹沒，史東先生很想安慰他。

「我該想到的，」他說，「這種事無法避免。她聽起來完全不可靠，如果換作是我，之後絕對不會再跟她見面。」

「那就這麼辦吧！」溫珀生氣地說，「我以後絕對不會再讓你跟她見面了！永遠不會！」

此後終結的不只是溫珀的情婦話題，還包括他的自信及兩人的午餐出遊。跟史東先生一起在辦公室的溫珀像之前一樣行動力卓越地勤奮工作，完全看不出曾將最脆弱的部分暴露在史東先生面前。

＊

溫珀的私人生活或許出現不只一項危機，但完全不影響他投入騎士夥伴的工作。他的活躍心智仍充滿創造力。他為所有騎士夥伴辦了一場比賽，為了設計獎勵點數制度，他們花了一點心思，最後決定由他或史東先生直接選出贏家。《聆聽！聆聽！》刊物鼓勵大家全力以赴，表示這項競賽確實追蹤所有人的狀態，十一月底時，更宣布哈利爵士會在耶誕節的圓桌晚宴上頒獎給最後的贏家。

溫珀對晚宴非常興奮，為此想出各式各樣的執行計畫，史東先生必須不停勸退他。一開始他想讓騎士夥伴穿上某種古裝出場，這個點子被否決後，他又想讓主持人穿上鎖子甲，真品或仿品都行，侍者則穿上伊莉莎白時代的服裝（溫珀對古代的想法很浪漫，但史實考據方面完全不精確），還得有穿了伊莉莎白時代服裝的樂手演奏那個時代的音樂。

「那種音樂恰到好處，」他說，「你知道我說的嗎？叮噹、叮噹、鏘、叮噹。老男孩們被音樂引導後鞠躬落座。我們可以去老維克劇院租戲服。」

史東先生提醒他，任何有自尊的餐廳或侍者都不會願意這麼做。

「不願意向老維克劇院租戲服嗎？」溫珀興奮地腦袋發熱。「我們直接租老維克劇院來辦晚宴好了。」

稍微冷靜之後，他還是懇求主持人穿上鎖子甲，請門衛戴上盔甲，並想辦法找到一整副鎧甲放在入口處。另外還發出仿羊皮紙請帖，措辭古雅，用的還是哥德字體。

當晚，所有答應出席的人幾乎都到了，許多人還帶了卷軸形式的請帖。那名收兩百四十九英鎊十七先令五又二分之一便士支票後，就杳無音訊的部門主管極早抵達，進門時一臉受冒犯的模樣，但溫珀與史東先生光憑名字沒有認出他來，確實有那麼一瞬間，他們困惑地注意到他眉頭深鎖，還只用兩根手指握手，但更令他們在意的是，這名男子竟然攜伴。看來這名前任部門主管又要自取其辱了：邀請函上明明強調，為了宣傳圓桌活動，這是一場男性限定的晚宴，他卻帶妻子前來。她在和溫珀與史東先生握過手後，還一路往室內走，穿著各式西服與禮服夾克的老男人感到尷尬，三三兩兩地在一旁竊竊私語。溫珀立刻採取行動。

「女士們請到小間，」他趕上去阻擋她的去路。

領班聽到後也立刻採取行動。令人驚訝的是，那名女士沒有抗議，直接被帶到同樓層的另一個房間，之後好一段時間就孤單地坐在那裡。

事後證明，溫珀的處理得很好。因為好幾名騎士夥伴都帶妻子來（「你能拿這些渾蛋怎麼辦呢？」溫珀喃喃自語），小間逐漸坐滿人。

哈利爵士抵達現場，他的出現為現場的沉默賦予了深度與意義。真是名身形矮小但又舉足輕重的男士呀！

大家在座位表上尋找自己的名字，落座，接著晚宴開始。時時亮起的相機閃光燈，害得用餐者瞇起眼睛。記者的存在非常有壓迫感，侍者工作時也倍受干擾。

用餐結束後，他們為皇后舉杯（「上帝保佑她，」溫珀一臉嚴肅地說），此時該輪到哈利爵士致詞了。他從胸前口袋掏出一張打字紙，房內的人全部安靜下來。大家都知道他會認真準備講稿，發言中的每個字都會事先打出來，此外，艾克斯可內部有一項如同信仰的共識：他的英文程度無人能及。

哈利爵士說，今天聚在這裡是為了慶賀他們之間的夥伴情誼，以及向其中的佼佼者致敬。不過其中還有更深層的涵義。他認為今天的聚會證明三件事。首先，即便雇員對公司的責任已盡，艾克斯可仍繼續為雇員負責。其次，在艾克斯可，只要有決心和衝勁，無論年紀，任何人都能高升，而史東先生就是最好的例證。（此時有人鼓掌，但史東先生的眼睛完全不知道該看哪裡。）最後證明的是，團隊合作是艾克斯可這類組織的核心價值。這支小隊無疑大獲成功，而其成功主要得感謝三個人的努力付出與堅定信念。如果向人祝賀也該排個次序，他認為確實該這麼做，那麼，不如現在就模仿高盧人連三聲歡呼。恭喜史東先生！恭喜溫珀先生！

「而最後——啊哈！」他調皮地把眼神從講稿移向大家。「你們一定以為我會說『最後但絕非最不重要的人』！但這人確實不重要。他是希望讓你們重回職場的人，也是今晚的無名英雄。」

他在瘋狂的掌聲中坐下，稍微擦了擦濕濡的雙眼。此時許多人高喊「了不起的老哈利！」這些人在公司服務時都沒那麼投入，此刻卻被激起了同舟共濟的情誼。不過才剛坐下，他的表情立刻變得心事重重，對掌聲漠不關心，只是忙著和身邊男子嚴肅地交談。

接下來發言的是溫珀。他談到那場比賽，以及決定優勝者的過程有多困難。雖然只有一人能得到獎勵，但其實所有人都是贏家，畢竟正如哈利爵士所言，這場聚會就是要歡慶他們之間的夥伴情誼。

接著是晚宴的高潮。

「肅靜！肅靜！」主持人說。

他們都安靜下來。

「強納森．理查．道森，請這位騎士夥伴起身上前來。」

（這段儀式及台詞都是溫珀設計的。）

在馬蹄形桌子的另一端，一名穿著粗花呢西服的男子起身，他戴著眼鏡，嘴巴裡似乎還在嚼著什麼，整個人巍巍顫顫。數百隻被淚水濕濡的眼睛盯著他，在一片絕對的靜默中，他往前走向正中央的哈利爵士。他此時也已起身，從一旁的服務員手上取來一把長劍，定定地握在手上。一整片的相機閃光燈亮起，隔天早上的報紙於是出現這場面：為年度最佳騎士夥伴頒發艾克斯可之劍。

＊

經過一整個禮拜的耶誕午餐、晚餐和員工派對之後，史東先生和瑪格麗特得在圓桌晚宴的隔天晚上造訪湯林森家。比起圓桌派對，史東先生更期待湯林森家的晚宴，因為他能以私人身分出席，不必代表確認每位賓客姓名的主辦方，隔天也不會有一張拍了全體參與者的清晰照片刊在報紙上；他不用為了公關場面打腫臉充胖子，可以平靜地身處於這片自然、未開發的友人樂土。

但才剛進門，他和瑪格麗特就受到盛大歡迎，再加上湯林森一直偷偷注意他們，史東先生知道他們成了這場派對的焦點。沒人提起報上的照片，由他所主導的更是極度尋常、平凡的話題，但這一切都使他獲得難以描述的愉悅。他的舉止變得緩慢、放鬆。他檢視自己，腦中想到的說法是「從容文雅」，在決定要喝乾雪莉還是甜雪莉時，他長篇大論地思量許久，彷彿這是萬眾矚目的重要抉擇。湯林森和其他客人努力壓抑著不談那個話題，但隨著時間從主餐進行到甜點，史東先生感覺他們實在被此欲望侵蝕得很厲害，他甚至為此不再投入那些原本積極參與的日常話題。最後葛蕾斯終於說了，「理查和瑪格麗特真是不錯的一對，你們說是吧？」史東先生鬆了口氣。

眾人立刻接連含蓄地出聲應和。

「你們一定沒想到，」葛蕾斯繼續說，「他們是在這裡認識的，而且才是兩年前的事。」

「……才是兩年前的事，」湯林森附和。

瑪格麗特再次搶下話頭。

「但這六個月來，理查談的都是那些衰弱的老頭子，」她說，「如果再多聽一句，我發誓一定會尖叫！」

「哎呀，他當然會談呀。說這話就是你的不對了，瑪格麗特，」葛蕾斯說，「多年來我們一直跟理查說，每個男人背後都得有個支持他的女人。」

「難以接受！」瑪格麗特在座椅中搖晃起來，彷彿剛剛又說了什麼機智的話。

史東先生知道她是受了溫珀的影響。他暗暗觀察其他賓客的反應，他們都很愉快，就連那名不說話的主任會計師的嫻靜妻子，儘管臉已經紅到耳尖，都仍對著餐盤微笑。情況很明顯，主導這場晚宴調性的瑪格麗特想怎麼發言都可以。

他們是掌控這場晚宴的主角。當女士們離開飯廳，剩下戴著古怪帽子的男人們站在那裡，沒有酒也沒有雪茄的他們準備開始交談，史東先生更是進一步確認了這項想法。因為到了此刻，他壓抑已久的喜悅終於全面噴發，古怪的帽子往後斜戴，臉上的微笑從沒停過，偶爾湯林森慎重地把堅果推給他，他漫不經心地放進嘴裡，但仍繼續主導著話題。現在輪到湯林森聽他說話了。現在輪到湯林森附和他了。

「我們做的事簡直像一場宗教運動，」他稍微踮起腳尖，兩手做出往上抬舉的手勢，接著把一把堅果丟進嘴裡。

「……沒錯，一場宗教運動，」湯林森臉上帶著附和他人時總會出現的痛苦表情。

「為什麼不讓我們的老傢伙去拜訪那些同樣衰老的客戶呢？但是」——史東先生一邊嚼著堅果，一邊搖晃抓滿堅果的手——「『為什麼？』我跟他們說，『這麼做不是為了幫助艾克斯可，是為了幫助那些缺乏朋友、缺乏人際關係、缺乏……一切的可憐老人。』」他把更多堅果丟入嘴裡。

「……當然，幫助可憐的老人……」

「當然，」主任會計師嘴裡的堅果才嚼到一半，但既然都開口了，只好趕快吞下去，「想法是一回事，包裝是另一回事。關於這點，我真得好好誇獎你。包裝。現在大家在意的都是包裝。」

「包裝，當然，」史東先生回答時一度感到動搖，但很快又沉浸愉快的情緒，「我們得讓老傢伙們上路，到不同人家裡拜訪。」

「……沒錯，包裝……」

史東先生還沒來得及進一步詳細解釋他對包裝的想法，湯林森就表示：他們該去加入女士們的談話了。

此時瑪格麗特正在跟女士們說，「嗯，每當理查沮喪時，我就是這麼告訴他的。」

（他什麼時候沮喪了？）「現在成功好呀，總勝過年輕時的曇花一現。」

親愛的狗狗呀！我們何時討論過這件事？她何時對他說過這些話？

真是個愉快的夜晚。之後回顧，他會明白這就是他人生的高峰了。

6

門在背後關上，只剩他們立於街燈微微的空曠街道，此刻的史東先生再也不想說話，只想好好享受內心不尋常的情懷。瑪格麗特感覺到他的改變，於是保持沉默。隨著時間分秒過去，他離剛才的輝煌時光愈來愈遠，彷彿失去到手的榮光，只留下無從捕捉的幻象；他的沉默逐漸轉為無從表達的煩躁，幸好瑪格麗特管不住自己，坐上計程車後又開始重複派對上的老掉牙笑話與評論，讓史東先生找到發洩的出口。他以聳肩表達對她的厭惡，一副希望離她遠遠的樣子，她終於被迫閉嘴，兩人在沉默中返家。這個夜晚就這麼意想不到地結束了。

隨著輝煌時光逐漸遠離，他愈來愈理解其中不尋常的質地。他無法留住那段時光，只能哀悼每一分的減損；那時光過於輝煌，甚至提醒他之前經歷及即將襲來的所有黑暗。

又到了每年最艱困的時刻，因為耶誕節與新年假期，職場全面停擺，在這個充滿善意的休憩時節，每個人被迫深刻地面對自我，短短的日子因此變得漫長。這個假期跟他們預期的完全不同。他一點也不歡快，想要重獲榮光的念頭只讓心情更灰敗，因為沒有遷怒的對象，他感到無助又生氣，只能一次次回想他曾在輝煌時光中忽略，但現在無從抵賴的細節。比如哈利爵士的演說。比如溫珀。比如主任會計師那一小段意有所指的「包裝」發言，無疑也是從報紙上看來的。許多人把他的想法據為己有，踩著他獲得成功。他們搶走一個老人的想法，忽略孕育這個想法的痛苦。現在他這個人已經無關緊要，就算是死了，總會有無數溫珀和哈利爵士之類的角色繼續揮舞那把艾克斯可之劍。他和他的痛苦都會被遺忘：只在公司刊物中留下一點足跡，就這樣。

他在假期中無助地憤怒著，但又無法把感受告訴瑪格麗特，怕讓自己變得可笑，也怕瑪格麗特對此表現不耐：她一定站在溫珀和哈利爵士那邊，使盡全力為他們辯護。因此到最後，所有榮光都熄滅了，只剩下焦躁、憤怒與失落，只要有人提起計畫的成功，都只會讓他聯想到此刻的空虛。「這個計畫跟我毫無關係，」他總是謙遜有禮地回答，掩藏著早已轉化為憂傷的酸苦情緒。

某天晚上，距離湯林森家的晚宴還不到一星期，一陣電話鈴聲劃破沉默。瑪格麗特拿下眼鏡，走出客廳接電話。她幾乎沒回話，就算說了也很簡潔。史東先生聽不大清楚。

接著門打開，瑪格麗特再次出現，他就知道了。

「葛蕾斯打來的。東尼死了。」

他緩慢放下菸斗，聽著菸斗碰上桌面的輕微碰撞。

「他八點半的時候還在看電視，九點就死了。」

東尼！他時時回想那個夜晚，而在所有細節中，東尼都是如此完滿無缺、忠於本色，又生氣勃勃呀！

瑪格麗特走到他的椅子背後，用雙臂環抱住他的脖子。那舉止極為戲劇化，他很感激，但感覺不到絲毫撫慰。

他回到書房，房內非常冷。他打開電爐，凝視著那恆久明亮的光芒，並聞著通電柵欄上的灰塵爆出小火花後傳出的陣陣焦味。

瑪格麗特則在樓下講電話。

「他八點半的時候還在看電視，九點就死了。」

*

新的一年到來，史東先生本來有些期待，但結果不如預期，他本以為會有足以使他注意或興奮的新鮮事，但被找去做的都是例行公事，毫無撫慰效果。因此，自從和溫珀討論過圓桌晚宴後，他已經閒晃好幾個禮拜；但透過全新的觀察角度，他更能清晰地理解自己的定位。他的角色和之前在檔案部一樣：一名即將退休的溫和、可親人士，基本上無關緊要。他現在看得很清楚，每當出現危機，所有「員工」都本能地求助於溫珀，因為他腦子動得快，危機處理能力更是為人稱道——「坐滿小間的女士」已成為公司內廣為流傳的小故事——大家仍不特別喜歡溫珀，但確實開始尊敬他。史東先生被交辦的則是一些不大可能出錯的任務：監管名單、確認帳戶狀況。他的地位下滑，基本上與「員工」毫無二致，對此他也無從辯駁。他不像溫珀思緒敏捷，提不出新點子，也不像溫珀一樣有處理公關事務的手腕——自從這支小隊大量曝光之後，公關環節更顯重要。

他在辦公室變得魯莽又易怒，還為了一名擁有波蘭背景的打字員和溫珀吵一架。

史東先生認為這名波蘭打字員文法糟糕、衣著邋遢，而且態度傲慢無禮，所以在大庭廣眾下跟她吵起來，甚至罵她是「集中營出來的女人」，但一回到辦公室就自責不已，此時溫珀卻怒氣沖沖地瞇著雙眼走進來，就連嘴唇都在顫抖。明明之前的午休時間，這傢伙一邊散步一邊咒罵「這地方都被外國人搞砸了」，現在卻刻意反應誇張，還說出「我有沒有聽錯呀？史東？」和「敢再這樣跟員工講話試試看？聽到沒？」始終冷眼相看的史東先生根本沒被嚇到，但突然意識到那女孩可能是溫珀的新情婦，腦中也浮現幾句足以回敬他的話，但仍理智地決定保持沉默。

不過他決定隔天進行反擊。那女孩在繕打信件給一名受人敬重的騎士夥伴時，不小心把「itinerary」（行程表）打成「artillery」（大炮），他沒有向她指出這項錯誤，反而在旁邊打個星號，加上一段注解：「我留下這個錯誤，猜想這名打字員的識字程度足以博君一笑，當然，這裡的正確用字應該是『itinery』。」這是個失敗的玩笑；當天時間已晚，如果是一大早幹這件事，或許他的判斷力會比較好。兩天後他收到回覆：「看來這名打字員的毛病有傳染性，我猜你寫的『itinery』指的應該是『itinerary』。」這下他一輩子都不可能忘記這個詞該怎麼寫了。他覺得迅速受到上天制裁，從此放棄對她宣戰，也不再因為自己的辦公室影響力而焦慮。

他和溫珀之間的關係再次有了改變。溫珀面對他時完全公事公辦，由於兩人在辦公室掌權的領域完全不同，就結果而言，產生的效果更接近冷漠。針對打字員起的紛爭不是主因，反而是在圓桌晚宴後，溫珀似乎對騎士夥伴計畫、兩人之間的關係，以及史東先生本人都失去興趣。這讓史東先生更為惱怒，因為儘管溫珀對這支小隊興致缺缺，他作為計畫代言人的權力與名聲卻仍與日俱增。

公司曾是他的興奮與活力泉源，現在卻只能回頭尋求家的慰藉，但家中一切都訴說著他在公司所遺失的地位：重新裝潢過的空間、家務配置、米靈頓小姐為了晚餐敲鑼的舉動（她為了敲鑼花的時間愈來愈長），以及瑪格麗特的晚宴。

溫珀還是會來參加晚宴，只是頻率變低，不過現在另外多了固定來賓：葛蕾斯。在晚宴上，瑪格麗特總是熱切地為她答腔，正如從前葛蕾斯為她所做的一樣。像之前的瑪格麗特一樣，葛蕾斯也成為一名容光煥發的寡婦，雖然剛開始一副淚眼汪汪的虛弱模樣，還得努力才能拉出勇敢微笑，後來卻也克服冬季雨霧，枯槁的身形隨時間飽滿起來，如花綻放。原本她逐漸委靡，彷彿要複製死去丈夫的面容，但突然間不再委頓，充滿稜角的凹陷臉龐恢復彈性，脖子也不再剩下皮包骨，眼神重獲光彩，原本總是低沉的嗓音則變得更深沉、穩重。就連她的舉止都變得奔放，彷彿被移除身上的枷鎖。之前她總是甘於低調、無力，又有些駝背地陷在椅子裡，懶洋洋地附和大家的話，當然主要是她丈夫的話，並偶爾露出那口白亮的假牙，但現在的她獨立、俏皮又充滿活力。瑪格麗特改變了髮型，過了一陣子，這隻年邁生物身上也開始出現新衣服及首飾。瑪格麗特很快就注意到，但覺得擅自提起或私下告訴史東先生都對她不公平，所以始終保持沉默。一開始只是品味建立，但葛蕾斯沒多久就沉迷其中。瑪格麗特只是觀察，直到葛蕾斯自己忍不住開口提了。那天是星期日，葛蕾斯穿了一身全新的戰利品來訪，在門口相見時，兩名女子都一臉憤世嫉俗，差別在於一名貌似勇敢、另一名嚴肅陰鬱，不過讓她們兩人都驚訝的是：史東先生孩子氣地給兩人一個大擁抱。

之後葛蕾斯連續十天沒出現，再次來訪時看來體態健康，但情緒有些低落。她說自己去了一趟巴黎，一部分原因是她實在心煩意亂。某天中午她走在龐德街上，看到法國航空的大樓，突然決定順從衝動走進大樓，詢問當天前往巴黎的班機是否還有座位，並表現出自己真有急事的模樣。接著她訂票、付款、搭計程車趕回家拿護照、又搭計程車趕到銀行取了旅行支票，在只剩幾分鐘的情況下趕上西肯辛頓前往機場的接駁巴士。她自始至終都無法控制自己，只能任自己如同發瘋般的行動。整趟旅行一如預期地無趣，但她仍為瑪格麗特帶禮物回來：一瓶卡紛牌的晚禮服香水（她在回程的英國歐洲航空公司班機上買的）。她也買了其他不少東西回來，畢竟當初走得匆忙，她沒記得帶齊所有必須衣物。其中一部分她正穿在身上，另外比較小的單品也帶在身邊；瑪格麗特稱讚她一番，但她展示新裝的階段實在拖得太久，那稱讚的力道也減弱了。

那是葛蕾斯第一次消失。之後到了三月中，她又從馬約卡島曬了一身黑回來，臉頰豐滿地幾乎要恢復往日模樣。她告訴史東先生，「你總得做點**什麼**，是吧？」

到了最後，儘管葛蕾斯總是帶來禮物，瑪格麗特的耐心還是用盡了。史東先生本來沒把她的行動放在心上，現在卻是直接地排斥起來。但沒人敢明說，因為每次只要他們成功避開葛蕾斯，她就更渴望他們的支持。

東尼從未出現在他們的對話中，一開始他們是顧及她的感受，後來則是因為葛蕾斯使盡全力忘記他，搞得大家好像真的把他給忘了。

有時候，史東先生會突然發現自己身邊只剩下女人——瑪格麗特、葛蕾斯、奧莉芙、關恩、米靈頓小姐——而且全活在男人缺席或已死亡的世界裡。

*

冬寒仍籠罩著世界，但每日晨光逐漸熱烈，向人保證春天不遠。陽光從漆黑枝條間傾斜灑下，蒼白地沿著隔壁小屋的灰黑色破落屋頂滑落。某天早上，史東先生看到他的老敵人黑貓，牠正在睡覺，雖然被史東先生緊緊盯著，牠醒來時毫不慌亂，只是緩慢、自信又舒爽地伸了個懶腰後起身。彷彿整個世界都隨著牠從冬眠中甦醒。接著，雖然因為剛睡醒有些昏沉，黑貓仍隨興地走上隔壁住戶從小屋連接到籬笆的長板步道（或許那步道是為了支撐籬笆不倒，又或者是為了支撐小屋，也可能是為了讓它們支撐彼此）。沿著破舊籬笆，黑貓走到房屋後方，輕巧地跳入女校校地。牠在那裡隨興晃蕩，不停停下來觀察四周，又在潮濕草地上踱步到無聊之後，才又回到如廢墟般的花園舔舐自己的身體，然後突然抬頭，眼神和史東先生對上；就是兩年前從陰暗階梯頂端盯著他的那對眼睛。他敲敲窗戶，但貓逕自轉身，走向後方籬笆，從一個縫隙把頭伸向校地方向。史東先生能看到的只剩牠的背部剪影。

對史東先生而言，黑貓的出現標記了那年冬天的結束。此後每天早上，他都能看到黑貓漫無目的地在花園及校地晃遊的身影。他早就對這隻生物沒有敵意了，過往一切只留在瑪格麗特會提起的故事中。現在的他深受這隻動物無所事事的優雅及孤寂所吸引。他開始覺得這隻黑貓每天早上都在關注他，正如同他所做的一樣。某天早上他敲窗戶，黑貓沒有轉身走開，此後他每天都敲窗戶，黑貓也每天用空洞的眼神耐心地盯著他。他開始跟牠玩遊戲，比如躲在窗框下的牆後，再突然起立現身。「你這樣感覺像個老蠢蛋，」他偶爾忍不住想。然後有一天，當他又在敲窗戶並透過玻璃發出一堆噪音時，聽到瑪格麗特在身後說，「怎麼啦？狗狗？動作不快點會遲到唷。」

她最近對史東先生的抱怨之一，就是在做簡單小事時愈來愈花時間，舉止間的遲滯也逐漸退化為心神恍惚。

每天早上，黑貓都會在溫暖的陽光下伸懶腰，史東先生也固定與牠相會，並因此注意到春天逐漸接近的種種信號。之前他只注意校地上的那棵樹，現在卻開始觀察上班路上的每一棵樹、每一叢灌木。他對報紙上的氣候專欄出現興趣，開始研究氣溫與日出與日落時間，也開始注意到，儘管每天的日光看似一樣短暫，午後天光更常消弭於雨霧中，但報紙仍每天宣布日光時間的延長。春天愈來愈近，他注意到街上與火車上人們的行為隨之改變，就連報紙上的廣告與讀者投書都有所不同。公司有份受歡迎的報紙，史東先生偶爾會拿來讀，上面有個漫談專欄，其中一封投書特別令他印象深刻。那是一名十六歲的女孩，年紀特別以括號注解在名字後面，她對男人在春天時的行為提出嚴正抗議。男人呀，她寫道，總是「飢渴地」盯著女人。「有時候，」她的結尾寫得很激動，「我還真想直接給他們看個夠算了。」那封信充滿喜悅，以純真語調向眾人證實春天的來臨。

*

他持續觀察身邊一切，卻無從參與。他感覺自己的「成功時刻」早已遠去，相形之下，此刻的自己更顯空虛，甚至更清楚意識到即將籠罩而來的陰影。另外發生的事更讓他證明自己一無是處。因為許多自己都理不清的複雜原因——求新求變、不安於室，或是希望擁有更多時間創造些什麼，並因此真正得到自由——他開始暗示自己希望推遲原本在七月生效的退休令，但得到的回應跟之前沒什麼差別；大家只用輕巧的玩笑打發他，比如「你做得還不累嗎？」或者打趣地說，他一定能被順利任命為騎士夥伴，並很有機會在明年獲頒艾克斯可之劍。

這些笑話一點也不好笑，只讓他更加厭惡每天必須面對的工作。溫珀也令人難以忍受，他現在對工作意興闌珊，公事公辦的態度中多了一絲魯莽；史東先生早已看清這個人，但這些舉動還是使他惱怒。一切都加深了他的失落，那晚輝煌時光留下的焦慮與怒氣更因此纏繞著他。

等在春天之後的是夏天及他的退休令，以及溫珀口中所描述的晚年時光，「你能感到平靜，幸福又平靜，還能日復一日地坐在鋪於綠色草皮的桌巾上喝茶。」

瑪格麗特已經開始為那些日子做準備。她表示兩人需要各式各樣的活動，以確保不致虛度時光。她已經開始規劃旅行及造訪他人的行程，葛蕾斯也幫忙想了不少點子，並暗示自己不介意未來做一名陪客。不過無法避免的是，他們得先解雇米靈頓小姐，過去幾個月來，她不但老得厲害，腦子也愈發不清楚，大概是因為工作量加重，她又主動全力以赴的關係。她仍充滿熱忱，也努力掩飾自己衰敗的體能，但即便是最具修飾性的制服都無能為力——她無法再裝飾場面了。有些僕從儘管年邁，但偶爾喚來幫忙還算堪用，但米靈頓小姐已經連這點都做不好了。她的走動聲響如同痛苦的爬行，身體也開始發出異味，甚至常常在廚房製作無與倫比的薯片時打起瞌睡。有一天她不小心把開宴銅鑼砸到自己腳上，鑼凹了，她對此深感抱歉，但完全不提自己的腳傷，結果腳腫到現在都還沒消，逐漸衰敗的肉體根本撐不住。某次她還把湯撒在福利部某位高級官員的外套上，結果一緊張，就反射性地把剩下的湯都倒在那名官員的大腿上。

她還差點害死瑪格麗特。有一次，瑪格麗特要找她，一邊搖銅鈴一邊從主人書房走出來，此時米靈頓小姐出現在樓梯井頂端，手上握著麵包刀。到底為什麼要拿著麵包刀站在那裡？原來幾分鐘前，為了主人的茶點，那個老傢伙在樓下廚房切三明治，然後就一直拿著。總之，當瑪格麗特抬頭時，那把麵包刀脫離了米靈頓小姐的掌握，由於骨柄很有份量，刀就這麼如同匕首般直落下來，以兩英寸的距離掃過瑪格麗特的頭，最後刀身顫抖地垂直插入電話桌上，彷彿出自專業擲刀手。瑪格麗特整個人僵住，拒絕伸手碰那把深深插入桌面的刀子。此時米靈頓小姐此時正一階階走下樓，一邊喘氣一邊喃喃地道歉，但瑪格麗特根本聽不懂。此時門鈴響了，驚魂未定的瑪格麗特為他開門，於是在他面前，刀就這麼插在桌上，就在電話旁，彷彿什麼祕密結社的象徵。

所以米靈頓小姐非走不可。不過在談定一切細節前，瑪格麗特透過討論嘗到權力及憐憫的滋味，後者尤其甜美。她曾與米靈頓小姐站在同一陣線，共同確保主人避開任何不開心的事，現在卻努力想讓史東先生與她一同對抗米靈頓小姐。但他興致缺缺，懶得下決定，所以瑪格麗特轉而求助於葛蕾斯。每次只要這名老僕役離開房間，她們聊的都是她的退化問題，最後認定儘管對她心存同情，仍得態度堅定。只要米靈頓小姐走進房內，她們就不說話，甚至有段時間，兩人就這麼盯著這隻生物蒼白的娃娃臉、頭巾下戴了網子的頭髮以及長裙。然後瑪格麗特會用一種彷彿命令寵物表演特技的語調大聲說話，而那衰老的生物彷彿嗅到屠宰場氣息，立刻又急又喘地回應著含混不清的話，焦慮地想證明自己仍有活力與用處，但她所訴求的對象卻不是瑪格麗特，而是曬得漆黑導致一張嘴就像在微笑的葛蕾斯。

終於有一天，瑪格麗特和葛蕾斯為了一場拍賣會出門——現在這類購物行程對他們兩人而言都很重要——留下史東先生獨自與米靈頓小姐在家。他宣布要上樓進書房，儘管此刻的他在那裡和在公司一樣幾乎無事可做，但還是會把一些工作帶回家，彷彿希望只要坐在瑪格麗特帶來的那張桌前，沐浴在溫暖的燈光下，就能再次找到之前驅使他每晚投身工作的熱情與活力。

就在此時，他聽見一陣陣模糊難辨的宏亮聲響在房內流竄，他大喊，「米靈頓小姐！」但聲響沒有消退跡象。他打開門，走向樓梯頂端的欄杆。

是米靈頓小姐在說話。他看見她在樓下門廳，就坐在電話桌邊，語調彷彿正在密謀些什麼，且自以為音量極小，但那屏息的吼聲還是不停在門廳內迴響後傳上樓。她身穿白圍裙，頭巾擱在桌上，他可以直接看到她頭頂上的髮網。

「她覺得我想殺她，」她說，「用麵包刀。她沒有這麼說，但我知道她是這麼想的。之後她就要栽贓我偷竊了，但她根本沒什麼貴重物品。我覺得她根本瘋了。主人？他變得很怪。老實說，我不知道這地方出了什麼問題。發生這麼多事之後，我真不知道該怎麼繼續待在這裡。」

她在跟誰說話？在這座遼闊的城市中，米靈頓小姐可以向誰尋求慰藉？誰可以讓她如此安心傾訴，還能既同情又理解地接納她？除了她在這間房子內的生活，他所知極少，大概只有艾迪與查利（當初要找人油漆時，她曾提到兩人，「畢竟他們剛處理完魚鋪」）、偶爾接受她致贈甜點的家族晚輩、還有她偶爾去開姆頓鎮拜訪的外甥。意識到這點令他感傷，但目睹這隻生物展現了他與瑪格麗特以為早已死去的自尊心，並因此無法掩飾心靈受到的傷害，他的內心湧出一道更強烈的暖流。

儘管如此，他只是開口叫了，「米靈頓小姐！米靈頓小姐！」

但她自己的音量太大，完全沒聽見。

直到他樓梯都下了一半，喊叫的聲音直逼她大吼的音量，她才終於抬起頭，臉頰上乾掉的淚痕與其說是情緒遺跡，其實只是更彰顯她的老態。她的表情毫無罪惡感，沒意識到自己說的話被聽到了。

「是的，先生，」她對著話筒說，並用同樣逼近靜默的柔軟語調繼續說，「我該掛電話了。」然後彷彿仍有需要確保祕密不致洩漏，她一邊緊抿雙脣，一邊把話筒緩緩掛上，當掛上的喀擦音響起時，她的嘴脣抿得更緊了。

他說，「真不知道史東太太為什麼去那麼久？」

他還能說什麼？

米靈頓小姐反射性地用頭巾撢了電話桌上的灰塵，但不怎麼用心，「哎呀，你也知道拍賣會就是這樣，先生，而且還有湯林森太太跟著呢。」

*

瑪格麗特偶爾會跟葛蕾斯聊起，等史東先生退休後，他們可以搬去鄉下住。她並不是真心這麼想，也從未跟史東先生提及，只是覺得這是合適的聊天話題。透過這個話題，她可以讓葛蕾斯知道：她在面對早已改變的街頭面貌時有多無助。確實，早在瑪格麗特到來之前，街道的面貌就開始改變了，曾經這裡住的大多是老人與長久定居者，但現在卻被年輕夫妻入侵，因此出現更多嬰兒手推車。獨棟房被改為分租公寓，紅、白、黑色的「出租」、「出售」標示愈來愈常出現在樹籬間，如果房子一天到晚被投機分子轉手，這些標誌根本是常駐在花園內。艾迪與查利——E．畢齊及C．布萊恩，建商兼室內裝潢——現在常出現在街上，灰帽下紅潤的臉極為開心，身上穿著白色連身工作服，一下子油漆、一下子修補屋頂，一下子又出現在某間沒有窗簾阻隔的空蕩蕩房間。有一個極度體面的牙買加家庭搬進其中一棟房子（他們不接受黑人來訪、不招黑人房客，還養隻虎皮鸚鵡），艾迪和查利立刻著手上工，把房子內外都漆過了：黑頂的亮麗紅磚外型彷彿在譴責其他房子太過寒酸。

一片紛擾中，他們隔壁那家人決定搬走。瑪格麗特向葛蕾斯報告：那棟房子對米傑立家而言太大了。那句話是米傑立太太說的。儘管他們有黑貓、破敗花園與半毀籬笆，她還是想辦法問出他們的名字，並發現米傑立太太人挺真誠。他們打算搬到一個新的小鎮，根據瑪格麗特表示，那裡致力維護街區環境，他們會過得「比較舒服」。

但對於史東先生而言，米傑立家仍算是新來者——他甚至不情願記住他們的名字——所以不覺得瑪格麗特帶來的消息有什麼要緊，直到隔天早晨，他看到黑貓坐在籬笆縫隙，背影寂寥，正在等待那些隨著氣候變暖，開始會在一大早晃蕩到校園這側的女學生們。

他在吃早餐時說，「我想我們很快就不會再看到那隻貓了。」

「他們要把貓安樂死，」瑪格麗特說，「米傑立太太告訴我了。」

他繼續用湯匙舀蛋吃。

「當牠還是幼貓時，孩子都很愛，但現在已經不在乎牠了。米傑立太太告訴我，我的老天，」——她似乎在隔空附和米傑立太太，其中還莫名參雜一些傲氣——「他們說，在這條街的淑女貓之間，這隻公貓造成恐慌。」

自此之後，他與貓之間的早晨嬉遊多了一種新涵義。每天早上，這隻動物在陽光中醒來，優雅如常，本能也精準如常，但又明白自己即將迎向毀滅。史東先生每天都期望看到黑貓，彷彿只要看到牠遵循本能行動，就能證明他們仍未開始枯萎，並讚嘆他們一路以來都是如此完美的存在。他敲敲窗，黑貓立刻警覺起來。他端詳牠的身體，跟隨牠穩健的腳步，並凝視那對晶亮雙眼，內心浮現憤怒與憐憫的情緒。那憤怒朦朧又晦澀，除非有些時候，他努力以意志力集中心神，才能將怒氣聚焦於米傑立與她可怕的孩子身上。至於那憐憫接近愛，帶有想要拯救、保護，並且延續其生命的欲望。但同時他又無比倦怠，懶得行動，衝動間浮現的愛意總是上完廁所就沒了。

他開始觀察路上那些據稱因為黑貓而受害的淑女貓。或許坐在前廳窗沿、籬笆頂端和階梯上時，牠們都表現得無比嫻靜，但只要回到後花園就會變得狂放不羈，因為此刻在他看來，這些生物在街上和後花園都是兩個模樣。他也開始尋找黑貓留下的後代，某天似乎看到一隻在校地上逡巡，模樣就跟父親一樣，只是皮毛更蓬鬆，舉止更浮躁。

史東先生接手了米傑立太太作為飼主的驕傲，當看到街上所有活動的貓時，他的眼中只有屬於他的黑貓，那隻每天早上愜意又渴望地等待他的黑貓。他本來憤怒又憐憫地想著「你很快就要死了」，但逐漸地，那句話成為一條空洞的句子，其意義得努力體會才能求得，因為此刻，這句話只釋放出一種純粹甜蜜的感傷情緒，而引發此思緒的對象早已被遺忘，他試圖利用更多言詞刺激這難以長久的情緒，一開始他還抗拒這麼做，後來就滿意地接受了：「你很快就要死了，跟我一樣。」此時春天的葉子已變得更為鮮綠，季節正衝向夏季巔峰，才在一年前，他覺得自己與此循環共同歡快輪轉，現在卻已被遺留在這循環之外。

因為沉浸在自己的思緒中，他幾乎沒注意到米傑立家為搬家做的準備。不過確實也沒什麼可看。就在瑪格麗特宣布他們打算搬家後沒多久，米傑立家的前廳就被差不多清空，同時因為沒有窗簾而光裸，只剩幾座孤寂錯落的家具和一張髒汙破爛的地墊。這座前廳讓房子散發一種被遺棄的氣息，由於米傑立家不搞園藝，前院也只有一株無人照看的玫瑰樹；這棵樹每年盡責地綻放白花，其孤絕之美如此純粹，又令人傾倒。現在只要時間接近傍晚，這座前院就會聚滿貓咪，彷彿嗅到房子早已疏於照顧、即將空無一人的氣息。牠們拿出人前乖巧的那一面，但畢竟為數龐大，默默棲息在一片廢墟中，神情又似乎有所警覺，在在都令史東先生不安；他試圖用安靜的方式進行驅趕，但完全不被理會。

某天下午，他拎著新公事包從家裡走到街上，被其中一隻貓不尋常的舉動嚇壞了。那是一隻身上有棕色斑點的白貓，正浮躁地在花園內踱步，肚子很垂，身體偶爾會因為痛楚名副其實地舞動並彈向空中。那種狂亂感史東先生警覺起來。他試圖用手勢逼退牠，但就旁人看來，他只是以毫不必要的大動作把公事包從一隻手換到另一隻手而已。原本狂亂的貓瞬間靜止下來，接著出乎意料地，牠跳上籬笆逃走了。

然後他忘了這件事，直到隔天早上，窗外小屋的屋頂上沒有貓，呼喚也只換來一片靜默，他就知道了，直到前一天還完整存在的那隻黑貓被安樂死了。

他心中沒有出現任何甜美的情緒，只感到無比驚懼，內心充滿自我厭惡，以及他從未想過會出現的：恐懼。恐懼讓他手臂上的寒毛直豎，就連每天早上的廁所儀式都成為毫無意義的嘲弄。所有提醒他仍有感知的動作，包括刮鬍刀碰觸下巴及毛巾摩擦肌膚的觸感，都使他恐懼，感覺被責備。他怕碰觸任何事物，也怕被碰觸。

「動作快點，狗狗，不然會錯過頭條新聞。」

他手上抓著毛巾，盯著鏡中的自己。

共進早餐時，瑪格麗特說明自己的計畫。既然米傑立一家搬走了，她打算去毀掉那道殘破的籬笆，這樣等新鄰居搬進來後，就非得重建一道。

＊

大約四周後的一個周日下午，史東先生在花園進行園藝工作，瑪格麗特則在一旁監督，同時鼓勵他熱切投身於此項愛好——畢竟男人就該有愛好——甚至值得為此懸置家中其他一切活動。米靈頓小姐拿著瑪格麗特昨天早上買的一盒矮牽牛幼苗，但與其說是為史東先生買的，不如說是同情那名上門推銷的絕望老人。史東先生蹲在花床邊像螃蟹般橫移，米靈頓小姐則亦步亦趨地跟在一旁遞幼苗，彷彿負責遞器材給外科醫生的護士。她恐怕看不到這些幼苗開花了，可憐的老傢伙，還不知道自己只能再待兩個禮拜呢。他們不停討論最近老是來搞破壞的那隻年輕黑貓，也就是被安樂死那隻貓的後代，總之看來確實遺傳老爸的習慣。米靈頓小姐對此激烈地表示自己的看法，瑪格麗特看似同意，眼神中有些鼓勵之情，但其中還混雜了驚訝、玩味及懊悔。

那是一段刻意壓抑情緒的對話，幾乎只有米靈頓小姐在講話。之所以如此不自然，其中一個原因是米靈頓小姐，另外也因為大家意識到新鄰居的存在。從隔壁散發的陌生感仍未遠去，對大家也造成壓力。對史東先生而言，打從新鄰居搬進來的那一刻起，隔壁就成了敵區，他會透過廁所的防盜窗不以為然地觀察對方的動靜。同樣地，其他鄰居似乎也對新屋主的行徑感到極度不以為然。那名新屋主是個矮胖的禿頭，他穿著西服背心，袖子捲起，一邊抽菸斗一邊在自己的產業上踱步。史東先生覺得他跟他的狗一樣惱人，那是隻長得像柯基犬的雜種狗，圓滾滾的身體像條香腸，幾乎整天都在睡，白得如同刷洗到褪色的身體在陽光下閃閃發光。身邊有動靜時，這畜牲只會漫不經心地抬個頭後又趴回去，因此貓群仍是他們前院的霸主。之前，瑪格麗特覺得缺乏男子氣概又不愛活動的米傑立先生令人受不了，但看到新屋主的隨興熱情，她也受不了。艾迪和查利這兩個叛徒很快就被新屋主找來，興致勃勃地忙裡忙外，他們又建起一道籬笆，如此簇新、筆直又堅固，他們自己的籬笆反而因此顯得破舊又歷經風霜，尤其是後院籬笆，因為校地樹根的生長而扭曲，難看到幾乎害他們沒臉見人。

於是此刻的後院氣氛古怪，史東先生持續種下花苗、米靈頓小姐大聲談論黑貓，瑪格麗特偶爾低聲批評隔壁的傻子竟然不為籬笆上木焦油。然後隨著天色漸黑，仍蹲在花床旁的史東先生漫不經心地開口了，他說白天愈來愈長，也說夏天就在眼前，他們很快就會坐在樹蔭下乘涼。他還談起花。

如水天色逐漸溶入黑暗。街燈在他們身邊亮起，也在鄰居近旁亮起，然後一路跨過校地延伸到野獸與男子家。

「難道你們不會因此想起，」他說，「這棵樹不過在幾天前還一片光禿，那叢大理花在冬天時也不過是堆死掉的雜草。我的意思是，難道你們不覺得，我們也會迎來屬於自己的春天嗎？」

他沒再說下去。一片沉默。身旁一切事物因為黑暗模糊了輪廓。窗戶一格格亮起來。他剛剛說的話在腦中縈繞不去。那些話讓他難為情。兩個女人的沉默也讓他難為情。米靈頓小姐還拿著那個空掉的盒子，他起身，拍到手上泥土，說要去洗手，然後穿過後門走進陰暗屋內。

「米靈頓小姐，」他聽見瑪格麗特的聲音，「你有聽見主人剛剛說的話嗎？你有什麼想法？」

他放慢腳步。

他又聽見米靈頓小姐開口，「嗯，女士——」接著那個老傢伙開始打官腔，假裝回應，但全是一些伴隨喘氣聲的無謂廢話。

他繼續往前走，上樓梯。身後有一盞燈亮起，她們在格紋地墊上磨蹭鞋底，然後他聽見瑪格麗特用參加晚宴的口吻說：

「這樣呀，我覺得那就是一派胡言。」

＊

十二年前的某個周日，當時奧莉芙還住在鮑漢，史東先生去找她和當時才六歲的關恩喝下午茶。不久前的一件事讓他意識到下午茶對她們的重要性。他們一起到克拉珀姆公園散步，大約四點時，奧莉芙表示該回家了，但他堅持繼續散步的行程，因為帶她們出來玩的感覺很好，他想多享受一下。「你想要繼續散步也沒關係，」奧莉芙說，「但關恩會想喝茶。」她的語氣犀利，顯然被惹怒了，史東先生覺得自己因為不夠貼心而備受指責。即便知道這個肥胖的孩子也會「想喝茶」，也不覺得她因此更討喜。那段時間，他很怕在休閒時與關恩及奧莉芙喝下午茶，因為當時的奧莉芙只「為了孩子而活」，並以史東先生認為過度誇大的勇氣面對生活。

他在鮑漢喝下午茶時總覺得拘謹，關恩倒是一派無拘無束。奧莉芙會愉快地把焦點全放在關恩身上，不停替她添食物，偶爾教訓個兩句。（面對這項飲食儀式，奧莉芙之所以感到開心，是政府非常照顧關恩這類孩子的需求，並帶著此番善意配給牛奶、橙汁與鱈魚油，他們也有如領受聖餐般地將其慎重擺上桌！）最後，隨著餵食逐漸接近尾聲，他實在很難再掩飾拘謹之情，奧莉芙於是請他向關恩分享剛剛結束的愛爾蘭之旅。

到目前為止，他取悅關恩的努力始終沒有成功，他知道此刻奧莉芙要求的表現也會被仔細檢視，畢竟奧莉芙現在處於寡母身兼教師的駭人階段，會根據能否與孩子「融洽相處」來評價一個人，尤其是與關恩相處的能力。

所以等到下午茶的食物與器具都被移開，奧莉芙也在她的棕色扶手皮椅上（完全是她專屬的家具風格）坐定，拿出正在編織的毛線——她把自己搞得那麼老還真有勇氣！他之前曾看過她編織毛線嗎？——史東先生把關恩抱到腿上，開始了這場苦難。

他試著從孩童的視角出發，盡量簡單地描述火車之旅及搭上渡輪的經過，在描述渡輪的大小時，氣氛感覺很好，他覺得自己講得不錯。然後他描述自己對柯芙的第一印象，那是一個下著小雨的多霧早晨，在因雨朦朧到幾近蒼白的綠色山丘上聳立著一座白色建築，彷彿故事書裡畫的城堡。他以為這是個會讓小孩有所共鳴的魔幻場景，並在講述同時重溫了渡輪甲板上那個微雨的清晨，灰色海面騷動，翻騰小船內滿是穿了油布雨衣的男子，大海、陸地、天空，全在雨霧中融合成一片。

「太自溺、太濫情了。」奧莉芙只下了這個結論。

她的語氣中有些什麼，但直到此時，史東先生站在陰暗廁所中，看著房子在所有活動皆暫停的日夜交接時分一棟棟亮起，心底才又湧起了如同那一刻的感受：所有出自真心的純粹情感都不該展露於他人面前。

「這樣呀，我覺得那就是一派胡言。」

瑪格麗特說的確實沒錯。

所有純粹的情感都不該展露於他人面前。現在他明白了，儘管騎士夥伴計畫幫助平復他的焦躁不安，但其唯一純粹、真切的時刻，只存在於那些待在書房的夜晚——當他把想法寫在紙上，才明白內心的感受有多深刻。然而他所寫下的也不過是那份情緒的人造暗影，公司那支小隊所執行的更只是暗影的暗影，其中熱情早已消散無蹤。必須出現像穆斯威爾丘囚犯那種等級的事件，才能再次提醒他曾有的熱情，但現實上也只能取得行政程序上的成功。他的一切作為，就連此刻所感受到的痛苦，都背叛了自己當時的熱情。所有行動與創造都是對情感與真相的背叛，而環繞他的世界已在這段過程中崩塌，使他無所憑依。

*

他開始被排除於公司的例常事務之外，也無法融入季節韻律。小隊的運轉與他無關，很快地，想必就算他不在場也無所謂。他之前表現得陰晴不定，老說「這事為什麼問我？為什麼不問溫珀？」結果那名來自約克郡（老穿著荒謬服裝）的荒謬年輕人竟拿此事來開玩笑，到處宣傳「老爸」那天早上心情不好。「老爸」這說法跟那名年輕人一樣，愚蠢又普通，但他還是成功讓此暱稱流行起來。不過現在，他早已不再陰晴不定，取而代之的是疲倦與淡漠，最後剩下對公司的厭煩，接近恐懼的厭煩。

有段時間，光意識到溫珀在公司都讓他難以忍受。溫珀對他的冷漠已經轉為輕蔑，由愛生恨，他重新評價後否定史東先生的價值，並因此感到被冒犯的作噁情緒。史東先生覺得被輕蔑都是自找的，溫珀感受到他的厭惡與敵意，以刻意誇張地對其他職員敞開心胸來忽視史東先生做出的各種工作判斷。最後那幾個禮拜，史東先生確實完全不願遷就他們，因此儘管溫珀也用忽熱忽冷的手法進行操弄，他們還是覺得史東先生問題比較大。「跟他們說笑話，」溫珀早期曾這麼跟他說，「他們會笑。比較資淺的傢伙也會嘗試回敬一個笑話，但你別笑。」

那名年輕會計師以前常因此受害，但有了溫珀的友情做靠山——他現在成為溫珀新的午餐食伴——他也有樣學樣地對比較資淺的職員使手段。他也會盯著打字員的額頭，想讓她們尷尬，史東先生曾聽說這類管理伎倆，但從未看過有人真的執行。這名令人厭惡的年輕人開始學溫珀的手勢敲菸——他矯情地只抽用條紋紙捲的藍伯與巴特勒牌香菸。此外，這些年輕人似乎很容易受到彼此影響。某天下午，溫珀回到公司時領口戴了一枚荒誕的領結：那名會計師偶爾也戴領結。史東先生完全可以想像他如何突然決定購買；他一定是和年輕會計師一起大步走向店面，表情驚惶但仍堅定地買了大約半打領結。此後溫珀就常戴領結。但溫珀畢竟是溫珀，領結老是戴歪。史東先生覺得這對年輕人實在荒謬，尤其到了周六早上，當年輕會計師穿一身「望族」服飾來上班，還搭配一頂完全超出他身分地位的帽子，他更覺得荒謬透頂。史東先生特別痛恨的是帽子，那是一頂別了綠色羽毛的綠色帽子，戴了彷彿隨時準備出發征服沼澤地。

有時日子比較平靜，但史東先生覺得溫珀不過是想彌補平日的輕率作為，此外他也心知肚明，反正還有那名初級會計師會執行這些行徑與其他種種怪癖。此外，他也聽說溫珀很快就要被調離這支小隊，甚至可能會請辭艾克斯可的工作，這或許也說明他的種種怪異行為。

總而言之，當溫珀去度假時，儘管追隨著的舉動依舊惱人，他還是鬆一口氣。

*

那天晚上，來替史東先生開門的瑪格麗特情緒異常激動。米靈頓小姐已被解雇，開門的工作因此轉手；他們邀請米靈頓小姐隨時回來看電視，但截至目前為止，她仍未回應這項邀約。瑪格麗特用一種公事公辦的態度把史東先生趕進客廳，在那裡看見了奧莉芙，她穿得彷彿正打算進行晨間購物，正式又帶點節慶喜氣，表情卻是嚴肅又疲憊。瑪格麗特則是表情謹慎，一副不希望被指責過度干涉的模樣。她努力掩飾自己主導這場談話的角色，低調地請史東先生坐下，自己才跟著坐下。奧莉芙顯然帶來重要消息，根據桌上擺的茶杯，兩人一定也討論過了。但她們似乎沒打算立刻切入正題，先問史東先生公司的狀況，然後又取出茶和茶點給他。接著，等場面準備好之後，瑪格麗特瞄了奧莉芙一眼，彷彿鼓勵她開口，接著又瞄了史東先生一眼，幾乎像是在確認他是否「自在」，讓他無法克制地聯想到廣播上的那些嬰兒教養節目。她身體前傾地坐在椅子上，不停焦躁地搖動身體並重新整理膝上裙面，彷彿她又說了一些機智的話。

奧莉芙開口了。結果最冷靜的看來是她本人。

關恩想要和溫珀一起去度假。

瑪格麗特像一名裁判般焦躁地看著兩人，「你知道這件事嗎？理查？」

他沒回話，但腦中立刻飛快鎖定之前的幾個事件，雖然當下沒留心，但現在想起都說得通了。年輕人無法欺瞞年輕人，但總能騙過老年人。溫珀最近的行為終於有了合理解釋，畢竟就算是溫珀這種人，這個祕密也太過沉重。毫無懷疑地，一定是關恩要求溫珀保密，他可以想像，在那間貼了鬥牛犬海報的破舊前廳，以外頭傳來的溫珀房客腳步聲為背景，她錯將要求他人履約視為一種權力，以酸苦的表情孩子氣地威脅溫珀保密，並逼他信守承諾。

但為什麼是溫珀！

「這樣呀，你會拒絕也合理。關恩只是在犯傻。」

他注意到兩人遲疑的表情。

接著奧莉芙說，關恩早上已經出發到溫珀家了。

「這實在太荒謬了。荒謬透頂。」他起身繞著地上的虎皮踱步。「要是你們知道我對他有多了解，就不會一臉滿意地坐在這裡了。」但其實她們正憂慮地抬頭望著他。「溫珀！比爾！那個男人——那個男人道德有問題。我比你們都更了解他。他的道德有問題，」他重複自己的話，並滿意地補充，「而且平凡。道德有問題又平凡。」

他語氣中的暴烈把她們嚇壞了。奧莉芙嘴角浮出明顯的唾沫。

「我們跟你一樣震驚難過，理查，」瑪格麗特的語氣不怎麼令人信服，「但我想奧莉芙來這裡，不是為了聽你說這些。」

「全是些異教徒的發言，」史東先生說。

一度沒人開口。

「關恩想喝茶，」他回想起過去，「好呀，她這下倒是如願以償，像一名假日當班的輕浮店員和男人跑啦。然後你們還來找我？為什麼不去找比爾呀？我猜你們想要我去把她帶回家，為她讀個伊妮．布萊頓寫的兒童故事，再告訴她公司發生的一件趣事吧！」他想像自己走進溫珀家，看到溫珀驚恐又輕蔑的表情，關恩臉上則洋溢著勝利的滿足感，接著又看到溫珀以「堅定」的態度冒犯他。他受不了。「但你們自己處理就行啦。**你們**大可去跟她講那些紅色大巴士和小火車的兒童故事吧！」

「理查！」瑪格麗特大叫，她原本預想的嚴肅場景全給毀了。

一切都太遲了。她們說關恩已經懷孕了。

「我一點都不驚訝！一點也不！」他其實完全沒預料到。「但反正我們國家福利好，總不會少給牛奶、橙汁和鱈魚肝油。」

慢慢地，他連諷刺的力氣都沒了，言語間只餘暴烈，瑪格麗特只能盡力避免兄妹倆公開撕破臉。

他們沒解決任何問題，溝通也毫無品質可言。就這樣直到奧莉芙回家，他才終於冷靜下來。

「我搞不懂你，理查，」瑪格麗特在他們準備睡覺前這麼說，「如果你那麼痛恨他們，有必要氣成這樣嗎？」

「你說得完全沒錯，」透過厚重棕色絲絨窗簾後的臥室窗戶，他往外望。「你說得完全沒錯，他們太相配了。兩個人我都恨。」他甚至努力擠出笑聲，「可憐的奧莉芙。」

＊

那星期結束以前，公司發布了溫珀辭職的消息。

「比爾得到高爾氏公司的工作，」初級會計師一派慎重地說。「神聖的高爾氏，堪稱一代狂人。[1]」

完全是他主子的語氣，史東先生心想。

星期四下午，這個男孩拿著一份《世界媒體新聞》走進史東先生辦公室。

「你有看到這條跟比爾有關的新聞嗎？」

報上有張將古董家具贈予退休主管的照片，旁邊寫了：

比爾．溫珀加入高爾氏公司

比爾．溫珀將在這個月底離開艾克斯可，並在高爾氏擔任新創立的公關總監一職。「在高爾氏擴張事業版圖之際，這項任命突顯市場行銷與公關策略的重要。溫珀先生會提供整體規劃並審核現有計畫，」發言人如此表示。

史東先生之所以能擔任此要職，必須歸功於在艾克斯可公關部門的多年寶貴經驗。去年艾克斯可的「騎士夥伴」計畫大獲成功，便是仰賴於他積極又足智多謀的推廣策略。他的角色將在歷史上留下一筆。

等到他終於放下報紙，辦公室一片安靜。他踱步到走廊，樓下的車流噪音直接湧入室內。打字員的房間已經空了，燈也關了，所有機器都被蓋上黑布。時鐘正指向四點二十分。

1 譯注：這句原文是「Sacred Gow's, the gondemporary people.」是故意把神聖不可侵犯的「Sacred Cow」代換為「Sacrdd Gow's」，之後再依循此規則把「contemporary」中的「c」代換成「g」，後面的「t」則遵照前面規則將無聲子音換成有聲子音的「d」，是一個文字遊戲類型的笑話。

7

那天的倫敦成為一座行走的城市。他忘記那天運輸業罷工。早上本來只有部分罷工，但情勢逐漸升高，晚報頭版得緊急刊出各地停止提供運輸服務的資訊快報。他發現堤岸站附近塞滿無法移動的車子與公車。想擠上公車的人無助地在熱氣蒸騰中排隊等待，只能說罷工者挑了一個天氣絕佳的好日子。人行道上排了兩條隊伍，程度有限地往兩頭移動。一開始他也排隊，之後直接盯上附近一台紅色公車，他沿小路往史坦德站方向追，終於成功上車找到位子，卻發現車子沒打算繼續前進，只好下車和整座城市一起行走。他沿著堤岸走，過橋，穩定走了幾千英尺後逐漸失去時間與距離的實感，氣候在開闊發亮的河面顯得較為清爽和緩，他邁開大步，享受這勞動，並不期待走到終點，只想耗盡所有力氣，麻痺體內痛楚；他幾乎感受不到身邊的人群，他們無臉，衣著都很類似，只有那些帶著軍人或長官氣息的人邁步模樣稍有不同，身邊還圍繞著類似氣質的人彼此競爭。過河之後，一部分人群消失在滑鐵盧站，他一個街角走過一個街角，身邊的腳步聲愈來愈稀薄，人行道也愈來愈空曠。街上開始出現一些小酒吧招牌，敞開的門內露出奶棕色內裝，沒人，彷彿在邀請大家進去歇腳。此刻他得靠意志力才能往前走，眼前是長長的街道，兩旁矗立著深棕色磚牆，灰泥如同被修剪過的梧桐樹皮般剝落，他繼續走，經過一排排亮燈營業的小店，但招牌和櫥窗內的展示卡與樣品都已褪色，看起來實在不大討人喜歡。每天晚上，從明亮溫暖的城市中心，人們結束工作後回到這裡各自尋找人生樂趣，城市人的歸處就是這樣的區域、這樣的街道、這樣的房子。

走過這些漫長、無趣的街道時，只要每踏出一步，他都能感覺到臀部、大腿、骨盆和腳趾的運作，心情也逐漸隨之改變。對於這座城市，他有了一個願景，而且和他與瑪格麗特初次舉辦晚宴時有的願景不同。（當時在場有關恩、奧莉芙、葛蕾斯和東尼·湯林森，米靈頓小姐則為大家獻上她無與倫比的薯片。）他不再認為這座城市有什麼能夠永垂不朽，也不再相信唯一對人類重要的只有肉體、懦弱與腐敗。他曾試圖加入宇宙秩序，但現在明白他有自己的秩序。他之前曾有過許多體悟，但現在也清楚，透過創造，人類無法展現權力並對抗這充滿敵意的宇宙秩序，而是要透過毀滅。所以我們在河流上築壩、摧毀山頭，還把大地面貌搞得坑坑疤疤，甚至嘲笑大自然反擊的力量。

他走到布里斯敦，這裡有整片落地櫥窗的大型店面、現代化外型的警察局，古色古香的飲食小店擠滿黑人與白人。走路的人在這裡比較不顯眼，公車站排隊的人也很多，但還在可控制範圍內。幾台公車到站，陸續有人下車。他插了隊，車掌揮舞著手臂阻擋，但他還是成功搭上一〇九路公車回家。他很慶幸自己坐上公車，因為身體已經疲倦地喘不過氣。

他沿街道艱難地大步朝家的方向走，突然覺得自己變高了。他走路的姿態彷彿一名毀滅者，彷彿體內蘊涵著足以摧毀大地的能量。他愈長愈高，腳步愈來愈堅定，他經過那些人們試圖用來安頓生活的花園和房舍，多麼小家子氣呀，然後他經過那些表情空洞但仍敏銳的貓群、經過「出租」和「出售」的招牌，以及艾迪與查利那些仍未完工的手作痕跡。

他按了門鈴，按得比平常更用力、更久。家裡沒人。瑪格麗特和奧莉芙、葛蕾斯出門去了。真是一群快樂的好姐妹呀！他拿出自己的鑰匙，開門，走進陰暗門廳。

一對綠色的眼睛。

恐懼轉為罪疚，之後轉為愛。

「小貓咪。」

他語尾尚未落定，小黑貓就已衝下樓，在他還來不及做出任何表示之前，貓就已經衝出敞開的門外。

*

他不是什麼摧毀者。環繞他的世界曾經崩塌，但他活下來了。他確信生活終將再次回復平靜。但現在的他只是非常疲倦、孤獨地處於這棟空蕩蕩的房子內。他拿著公事包上樓走進書房，就在那裡等著，或許做點工作，等瑪格麗特回來。

史東先生與他的騎士夥伴
V.S. 奈波爾 (V. S. Naipaul) 著 ; 葉佳怡譯 .-- 初版 .-- 臺北市 : 時報文化 , 2017.03
面 ; 公分 .-- (大師名作坊 ; 156)
譯自 : Mr. Stone and the knights companion
ISBN 978-957-13-6932-7(平裝)

874.57 106002439

MR STONE AND THE KNIGHTS COMPANION by V.S. Naipaul
Copyright © 1963, 1986, V.S. Naipaul
Complex Chinese edition copyright © 2017 by China Times Publishing Company
All rights reserved.

ISBN 978-957-13-6932-7
Printed in Taiwan

大師名作坊 156

史東先生與他的騎士夥伴

Mr. Stone and the Knights Companion

作者 V.S. 奈波爾 V. S. Naipaul｜**譯者** 葉佳怡｜**副主編** 陳怡慈｜**編輯** 張啟淵｜**責任企劃** 林進韋｜**美術設計** 許晉維｜**董事長・總經理** 趙政岷｜**總編輯** 余宜芳｜**出版者** 時報文化出版企業股份有限公司 10803 臺北市和平西路三段 240 號 4 樓 **發行專線**——(02)2306-6842 **讀者服務專線**——0800-231-705 · (02)2304-7103 **讀者服務傳真**——(02)2304-6858 **郵撥**——19344724 時報文化出版公司 **信箱**——台北郵政 79-99 信箱 **時報悅讀網**——http://www.readingtimes.com.tw｜**法律顧問** 理律法律事務所 陳長文律師、李念祖律師｜**印刷** 勁達印刷有限公司｜**初版一刷** 2017 年 3 月｜**定價** 新台幣 260 元｜行政院新聞局局版北市業字第 80 號｜**版權所有 翻印必究**（缺頁或破損的書，請寄回更換）

時報文化出版公司成立於一九七五年，並於一九九九年股票上櫃公開發行，於二〇〇八年脫離中時集團非屬旺中，以「尊重智慧與創意的文化事業」為信念。